吸血鬼作家、VRMMORPGをプレイする。

〜日光浴と料理を満喫していたら、いつの間にか有名配信者になっていたけど、配信なんてした覚えがありません〜

暁月紅蓮
ill. 星らすく

KYUKETSUKISAKKA,
VRMMORPG WO PLAY SURU.

JN062347

TOブックス

イラスト：星らすく
デザイン：木村デザインラボ

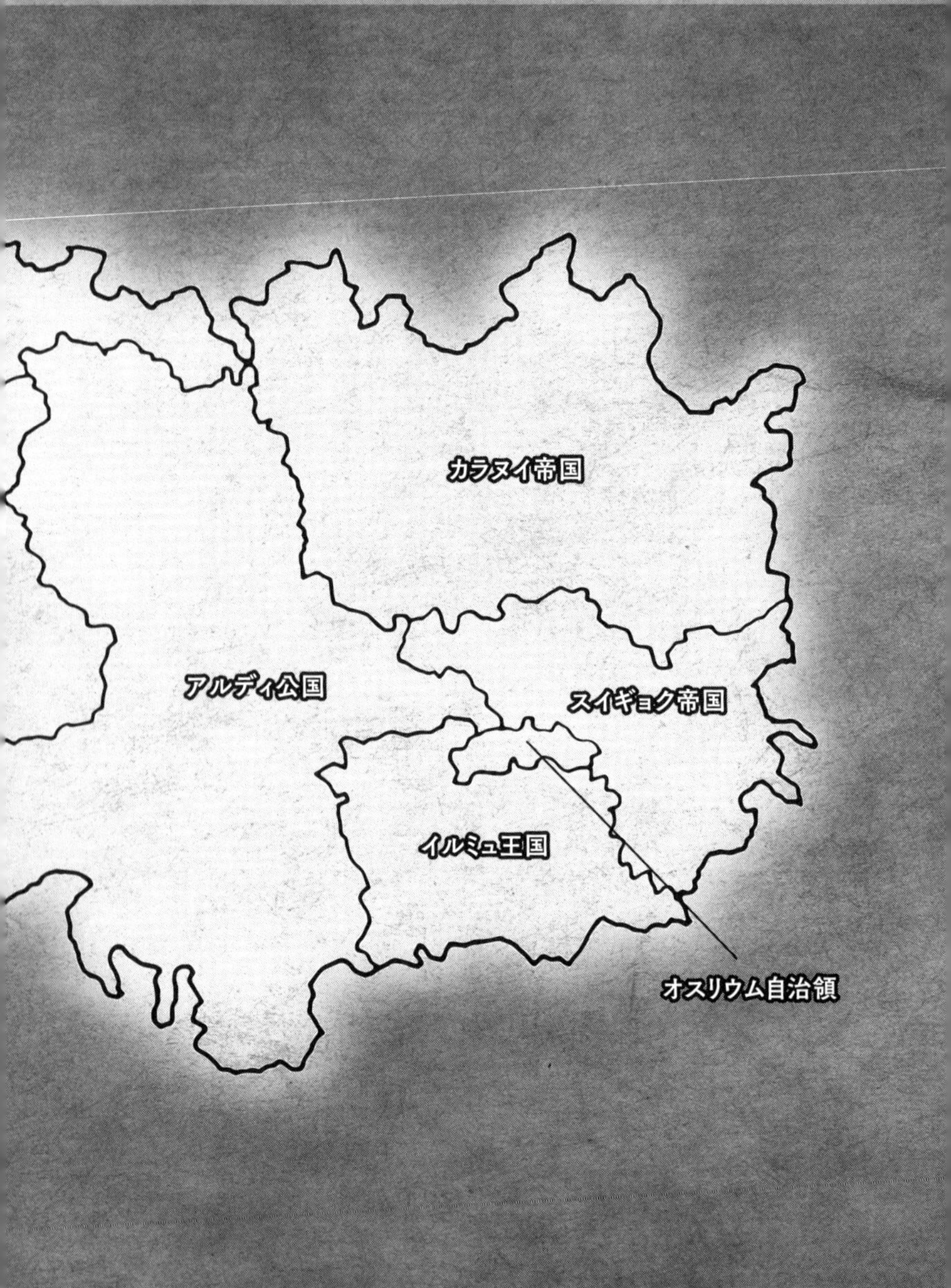
カラヌイ帝国
アルディ公国
スイギョク帝国
イルミュ王国
オスリウム自治領

God of World 世界地図

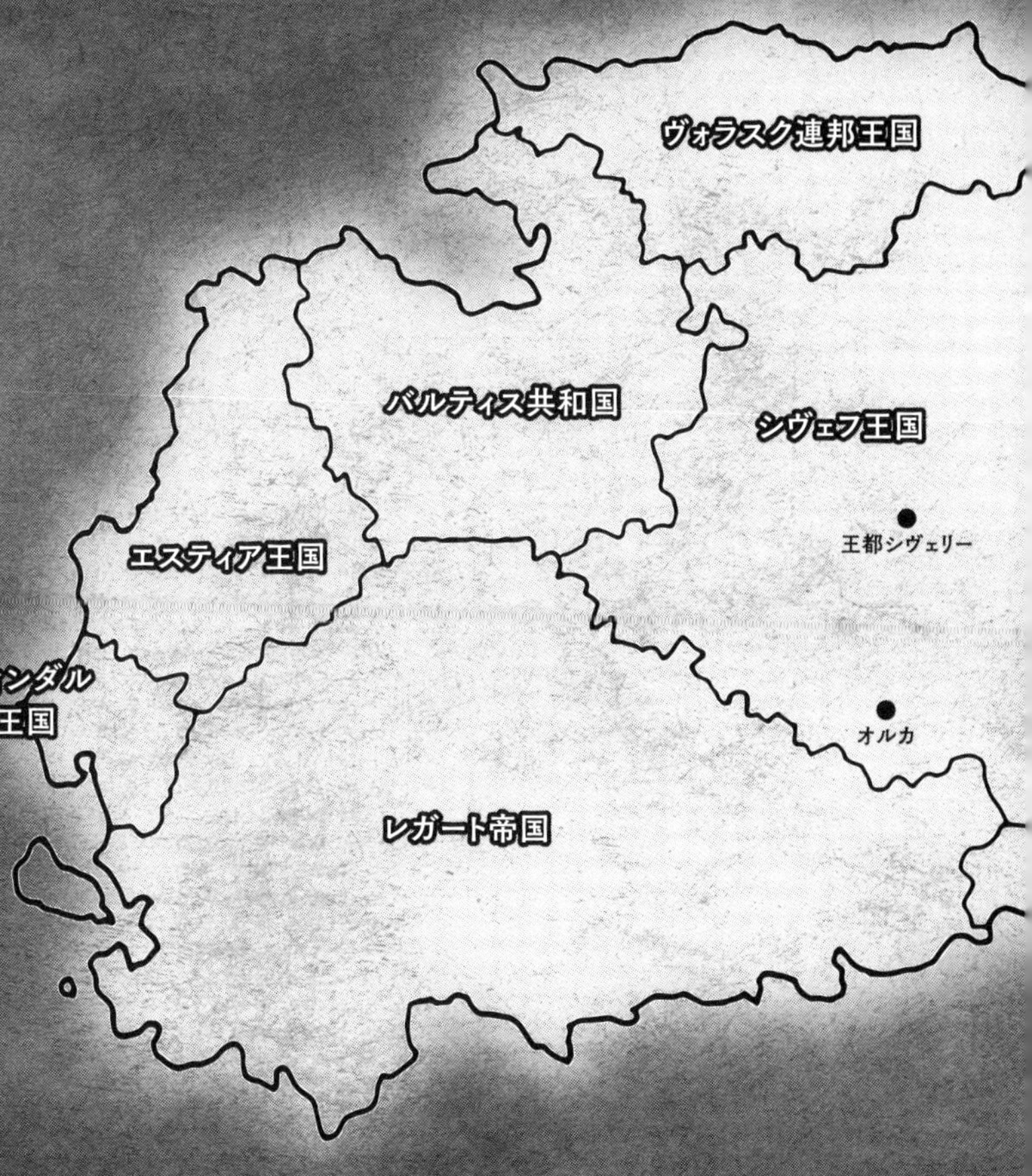

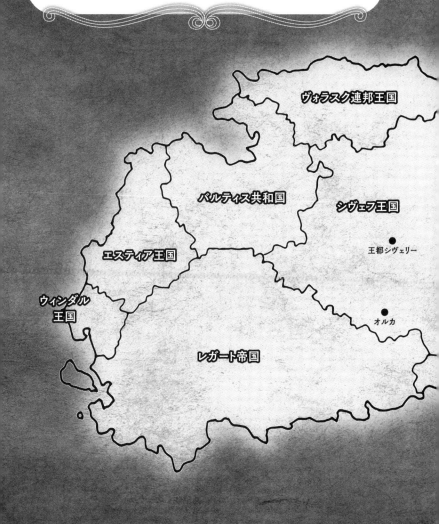

① シヴェラ教教会

② 鑑定屋・全知全能

③ 冒険者ギルド

④ 鍛冶屋・デンハムの店

⑤ 広場

⑥ 孤児院

⑦ シモン師匠の家兼教室

⑧ エリュウの涙亭

シヴェフ王国 王都地図

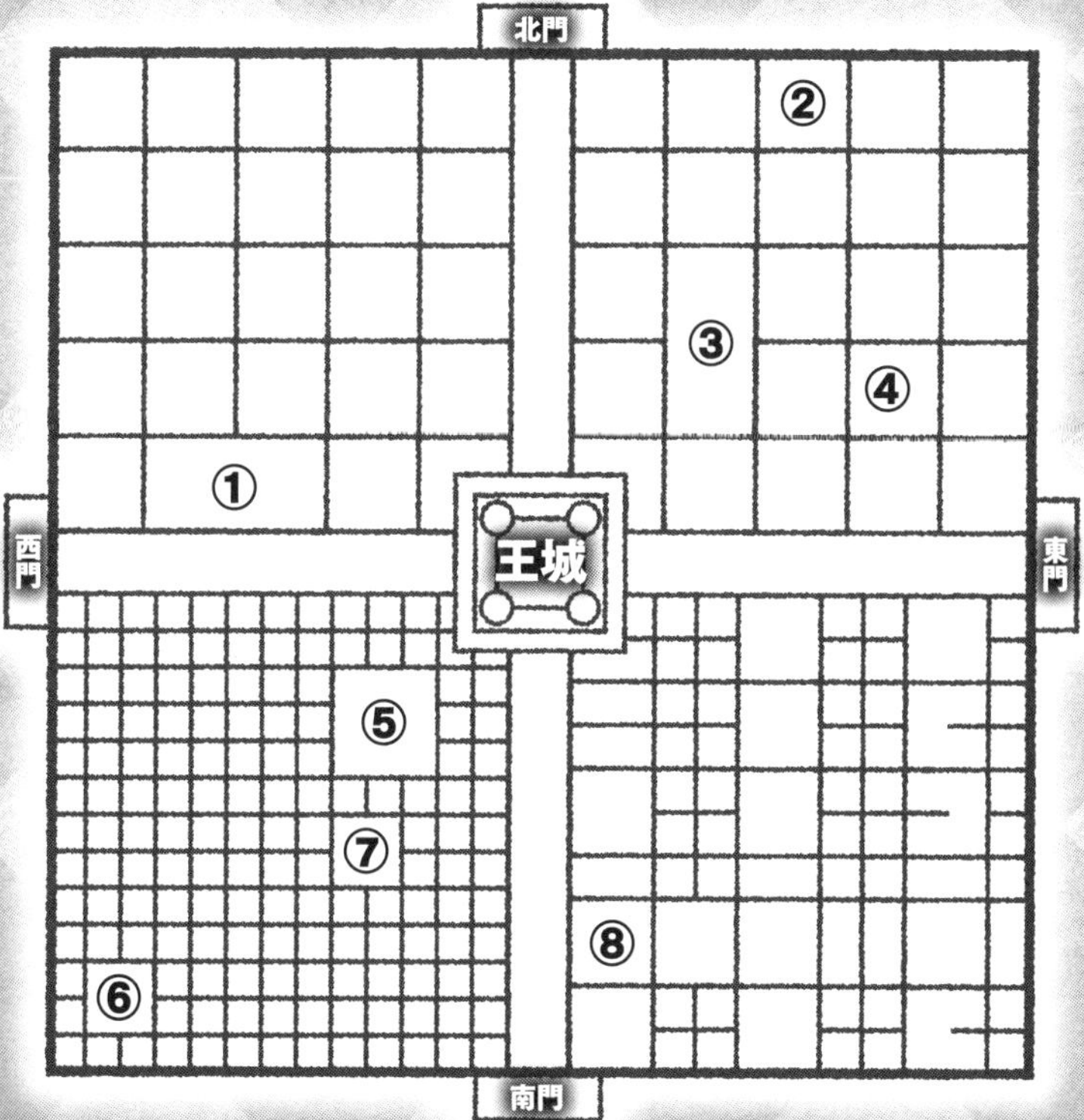

序章．蓮華先生、ゲームをする

「先生、今日はお願いがあってまいりました」

我が家に足を踏み入れた途端、僕の担当編集者である篠原さんはそう言って頭を下げた。彼女が勤める黎明社とは長い付き合いなのでどんなお願いでも快諾してあげたいけれど、まずは話を聞いてみなければならない。

「うん。要件は分かったけれど、話を聞かない事にはなんとも。立ち話もなんだから、応接間へどうぞ」

そう言って中に入るように促すと、本人も少し先走り過ぎたと思ったのか、深呼吸をしてから靴を脱ぎ始めた。いつも冷静沈着な篠原さんにしては珍しい状況だ。

彼女はもう何度もこの家に来ているので、勝手知ったる様子で迷わず応接間の方へと向かう。そんな彼女を横目で確認してから僕はお茶を用意する為に台所へと向かった。

最寄りの交通機関からこの家までは相当な距離があるので、いつも通り冷たい緑茶と和菓子のセットをお盆へと載せる。

こんなに立地条件の悪い場所へ毎度来てもらうのは申し訳ないと思うものの、僕が昼間、外を出歩けないせいで長年この形を取っている。お願いというのはそのあたりの事だろうか？　まあ本来ならば、うぇぶ会議といーめーる、もしくはくらうどとやらで事足りるらしい。それが出来ないのもまた、僕が機械類をまともに使えないせいせい。いい加減うんざりしているのかもしれない。

「お待たせ」

「いえ、いつもありがとうございます」

この流れも毎度の事。当たり前のように篠原さんの前にだけお茶とお菓子を置き、僕も反対側の座布団に正座をした。

最初の頃こそ自分の分も用意していたが、どうせ手を付けずに流しに捨ててしまうだけ。変に体裁を取り繕ったところで意味がない事に気付き、いつからかやめてしまった。

「それで、話とは?」

彼女がお茶を飲み干すのを待ちつつ、僕の方から切り出した。ついでにおかわりのお茶を注いでおく。

「先生がアナログ派なのは知っているのですが……弊社としても、手書き原稿の校正や校閲、デジタルデータへ変換を行うのが厳しくなってきており、その点を改善いたしたく」

「うん、本当、いつも申し訳ないとは思ってる……」

「私がここまで来て、受け取って変換……を出来れば今のままでも良かったのですが。実はこの度妊娠しまして、さすがに電車、バス、徒歩と乗り継いで、東京から半日がかりの所に通うのはドクターストップがかかりました。かといって、後任の人間に同じ事をするように、とは言えず」

昔一度郵送でのやり取りを提案した事があるのだけれど、そのときは黎明社側で断られてしまった。やはり、万が一原稿が紛失してしまった際の責任の所在などを考えると手渡しが一番安全だという結論に達したらしい。その方針は今も変わらないだろうし、となるとやはりお願いというのは……。

「まずはおめでとう。……いけない、ちょっと待っててくれるかな」

確か緑茶のような飲料は、妊娠時にはあまり飲まない方が良いとどこかで読んだ記憶がある。けれどうちで他に飲料といえば……水しかない。どちらでも本人が飲めるようにと、一応水も彼女の許へと運んでおく。

「ごめん、緑茶の他は水しかなかった」

僕の言葉に頭を下げながら「お気遣いありがとうございます」と篠原さん。水を選んだのを確認してから、僕は本題へと戻る。

「いや、むしろ今まで無理を言い過ぎたね。黎明社さんにも篠原さんにも、甘えすぎていた。……となると、お願いというのはデジタルデータでの入稿かな？」

「失礼を承知で言いますが、昔お願いした時にあまりにもひどい結果になったので『それをお願いするのは難しいだろう』と弊社で判断しました」

篠原さんの言う「あまりにもひどい結果」とは、僕が機械音痴過ぎてワープロソフトで原稿を執筆するのに四苦八苦し、何度も締め切りを破った挙げ句、果ては完成した原稿データを消失させてしまった件を指している。

篠原さんの方でなんとか復旧させてくれたのだが、機械を使う事に必死になった結果、内容は目も当てられないほどひどかったらしく、結局同じプロットを使って手書きで書き直したのだ。

「かといって、データへ変換する期間も考慮して先生に対する締め切りを短くする……というのも、厳しいと思っています。それで今回はこれをお願いしたく」

そう言って彼女が鞄《かばん》から取り出したのは、一枚の広告らしき紙。

——来たる二〇六二年九月三十日、いよいよ正式サービス開始。なんでも系ＶＲＭＭＯＲＰＧ、

Ｇｏｄ　ｏｆ　Ｗｏｒｌｄ——

「ＶＲゲーム？」

「ひと月ほど前にサービスを開始したばかりのゲームなんですが、過去最大規模のゲームだそうです。日本でも、法改正を待った甲斐があって数多の企業がゲーム内オフィスへと本部を移転したとか」

「いまいちピンと来てないんだけど、これをやる事でアナログ原稿の問題が解決すると？」

「ええ、実はゲーム内で紙に書いた物を、一発でデジタルデータへ変換する事が可能なんです。変換精度もＡＩによる筆跡解析だけでなく、ＶＲの特性を生かした脳波測定も行っている為、ほぼ百パーセントの精度で変換可能と謳われています。要するに、ゲーム内であれば先生が今まで通りアナログで原稿用紙に執筆したとしても、こちらはデジタルデータで受け取れるという事です。やりとりも、メール機能を用いれば遠距離で行う事が出来ます。こちらはゲーム内のポストからも出す事が出来るようなので、先生も直感的に使用出来ると思います。実は弊社も、既に業務の一部をゲーム内に移しており、他の遠距離作家さんとも中でやりとりを行っていますが今のところ問題は起

こっていません。ですから先生にもお願い出来ればと。ＶＲなら、機械が苦手な先生でもどうにかなるのではないでしょうか」

「うーん……僕は一切ゲームをしないからよく分からないのだけれど、これは始めてすぐに執筆出来る環境が整うのかい？　前に教養の為にいくつかその手の小説を読んでみたけれど、住居一つとっても維持費がかかるから冒険してお金を稼いだりしないといけないんだよね？」

「ご存じでしたか。その辺りは弊社側で簡易的な執筆場所、それから原稿用紙や筆記用具もご用意出来ます。法改正に伴い、現金をゲーム内通貨へ変換し、仕事にかかわるなにかを購入した場合も経費精算出来るようになりましたので。ただ、先生が住居に対してもこだわりが出てくるようでしたら、ご自身で頑張っていただく事になるかと思います。取り急ぎ、弊社の方でコクーンタイプのＶＲ機器をこちらに送付するよう手配いたしましたので、物は試しにプレイしていただけないでしょうか」

　僕の反応が今ひとつだと感じたのか、篠原さんは畳みかけるように『Ｇｏｄ　ｏｆ　Ｗｏｒｌｄ』とやらの特徴を説明してくる。

「あとはそうですね、執筆中の原稿データなども、ＶＲ機器とお持ちの端末を接続すれば、こちら《現実世界》で参照、執筆する事も可能です。その場合は端末で執筆する事になるので、先生は余り使わない機能かもしれませんが。それと、ゲーム内であれば日光も気にする必要はありませんし、お料理の方も楽しめるのではないかと」

　篠原さんのアピールポイントは実に的確で、僕は自分にとってとても魅力的な単語に思わずうなり声を上げた。

「日光浴……それに料理……確かにここで出来ない事がゲーム内で出来るのは良いかもしれない。もしかしたらそのお陰で小説の良いアイディアが思い浮かぶかもしれないし。……うん、執筆環境も心配する必要がないなら、これ以上迷惑はかけたくないし試しにやってみるよ」

僕の気持ちが変わらないうちにと、篠原さんはゲームのプレイに必要なもろもろの手配――ネット回線の増強と、コクーンの設置場所の選定――を即座に終え、今回の分の完成原稿を手に東京へと戻っていった。

機械音痴といえども調べ物も出来ないようでは話にならない。例の事件のあと、僕は音声入力で調べ物をする方法だけはかろうじて使えるようになったのだ。僕は篠原さんが置いていった紙を片手に、早速『God of World』とやらについて調べてみた。

必要な物
・VR機器
・最低10Gbpsのネット回線
あると便利な物
・栄養補給パウチ（コクーンタイプのVR機器のみ対応）

安全装置としてＶＲ機器側で、脳波・心音・手首の静脈を観察しているとの事。

そのどれかに異常が出るか、最長六時間経過した段階で、コクーンからの強制排出が行われるようだ。

うん、この時点で既に前提条件が満たせていない。何故なら、僕の心臓は止まっているから。

「うーん、困った。大量摂取すると不味くて吐き出すんだけど……心臓を動かす為にはどうしても血液を摂取しないといけないんだよなあ。少量でも大丈夫かな」

やると言ってしまった以上摂取は大前提な訳だけど、吸血なんて久々すぎてどれくらいの量でどれだけの時間心臓が動いているのか、全く覚えていない。人と話す時は、適当に呼吸しているふりをしていれば、誰も気付く人間なんていなかった。だから本当に何百年ぶりかの吸血になるはずだ。

どこでどうやって血液を入手するかも問題だ。まさか創作物によく出てくる吸血鬼のように、歩いてる人を夜道で襲って「いただきまーす」という訳にもいかないだろう。

今の時代防犯カメラがそこらじゅうにあるし、二十四時間営業の店も珍しくない。なにをしても間違いなく目撃者が居る。少しでも変な事をすればあっと言う間にＷｅｂを通して拡散される怖い世の中だ……、と何十年か前に聞いたような。それ以前に僕と息子が定めた日本の吸血鬼のルールにも反するので当然この方法は却下。

「となると……輸血パックとか、食用動物の血抜きした物を譲渡してもらうとか。とにかくコネが必要だよね。確か皆はなにかしらの手段で確保してるって言ってたし、久々に吸血鬼の集会に顔を出してみるかな。今もきっとやってるんだろうし……」

やっているよね？　あそこは吸血鬼達の相談所も兼ねていて、新しい身分証明書の発行なども一手に担っているからさすがに廃止はあり得ないはず。前に顔を出した時に、血液の入手方法について誰かが言っていた気がするけれど、好きこのんで血を飲まないのでその辺りの詳しい話は今まで聞き流しちゃってたなあ。今回は真面目に聞かないと。

「コクーンタイプは食事をおざなりにする人の為に栄養補給パウチをセット出来るようになっているらしいけど、僕には不必要か。……そこに血液パウチなんてセット出来たら楽なんだけど……そんな事をしたら絶対に機械が壊れるよね、残念」

なにせ食事をする必要も睡眠をとる必要も排泄する必要もない。というか出来ない。

料理の味は分かるし、食べる事が好きだから人前で食事せざるを得ないときはとりあえず食べるけど、排泄が出来ないので、食べた物が体の中でどうなっているのかは不明。積極的に食べようとは思えなかった。

だから僕は、出版社側には日光アレルギーと味覚障害を持っている、と伝えている。まあ、日光アレルギーに関しては嘘ではない。他のお仲間は——昔の僕もだけど——ガムテープで無理やり体毛を抜かれているような痛みを感じるだけで、日光を浴びる事は出来る。

長い事日の光を浴びていなかったが故に日光アレルギーになってしまい、浴びると焼けただれるようになってしまったまぬけは僕くらいだろう。

「それで久々に集会に顔出したって？　血液嫌いのあんたが？」

そう言ってにやにやと笑うのはこの集会の主催者であり、僕の息子でもある……確か今の名前は水原洋士だっけ？　僕の血液嫌いを揶揄《やゆ》する癖は本当変わっていない。でもまあ、僕が血液嫌いなのは事実なので黙って頷くしかない。

「うん。他の人はどうやって血液を確保してるのか気になって。出来たら僕にも教えてほしいな、って」

「それは別に構わないが……まさかネタでもなんでもなく、本当に全く飲んでなかったのか？　俺はてっきり自力で熊なりなんなりからいただいてんのかと思ってたんだがな」

「いや、本当に必要な時しか飲んでないから……かれこれ数百年ぶり？」

僕の答えに、呆れたように笑う洋士。まあ、誰だってそう思うだろう。僕以外の同族曰く、「血は極上の味」だと言うし。

「それでどうやって体動かしてるんだ。飲まなきゃ人間並みの身体能力しか出ないだろう？」

「人の世で暮らしてるんだから、人間と同じくらいあれば十分じゃない？」

今度は僕が呆れる番。何故身体能力を上げる必要があるのだろう。

そんな話をしつつ、洋士が経営しているショップを紹介してもらった。どうやら、お金を払って人間から定期的に血液を売ってもらっているらしい。

もちろん、Ｗｅｂサイトで告知をしている訳もなく、吸血鬼にしか売らないし、血液提供者もかなり厳選しているとの事。考える事が凄いなあ。僕にそんな発想はない。昔は動物の血でまかなっていたし、そもそも美味しいと感じないので人間の血液へのこだわりもないからだ。

ついでに、鎮痛剤と鎮静剤も数本購入する事を勧められた。初めて血液摂取をする吸血鬼は、心臓が動き始める痛みと身体能力が突然飛躍的に向上する事に耐えられなくて、色々やらかすんだとか。それを抑える為との事だけど……吸血鬼の中でも最古参なのに、万が一を考えて拒否する事が出来なかった自分が少し情けない。

ついでに洋士に今の連絡先を聞いてから、逃げるように集会をあとにした。

ゲームを楽しむというよりは仕事に支障が出ないように——断じて日光浴と料理が気になったからではない——、事前にある程度『GoW』のシステムについて調べておいた。サービス開始から一ヶ月が経過しているので、ありがたい事に色々まとまっているサイトがいくつか見つかった。

曰く、大抵のMMORPGにあるような「スキル」という概念はこのゲームにはないらしい。

確かに、参考になればと思って読んだ架空のVRMMORPGの日常小説も、主人公は戦闘や生産を行う前にスキルを取得していた。スキルを取得していない分野に関してはなにをしても失敗するなんて随分と不便だなあ……と思いながら読み進めた覚えがある。

『GoW』にはそういった制限がなく、プレイヤーはなんでも自由に行えるとの事。とった行動によりそれに関連する技術の「熟練度」が上昇し、熟練度が高ければ高いほどゲーム内システムのアシスト性能や成功率の上昇、成果物の品質が良くなるらしい。

つまり、スキルポイントなるものもないので「手持ちのポイントの中でなんのスキルをとるか」といった熟考も必要なく、ただ本能・欲望の赴くままに行動すれば良いらしい。

現実世界で既に身に付けている技術に関しては、初回ログイン時にシステム側で実力に見合った熟練度数値に設定されるとの事。

具体的にはこうだ。

一、現実世界で料理をした事のない人が『ＧｏＷ』内で料理をした場合、熟練度が低い為アシストが働かない。野性の勘か天賦の才でもない限り、味付けや焼き時間が適正でないので品質が低くなる。

二、何度も料理を行い、熟練度が高くなれば「ここでひっくり返す！」のようなアシストが表示されたり、様々な補整が発動するので品質が良い料理が出来上がりやすくなる。

三、例外として元々現実世界で料理をした事がある人は最初から熟練度が高い状態でスタートするが、一部、ゲーム特有の設定に従う必要がある。例えば調理時間とかひっくり返すタイミングなどだ。アシストにさえ従えば基本的には品質の良い物が出来上がる。

つまり、剣術を習っている人は最初からある程度剣を扱える、という事だ。

このシステムは、ゲームに熱中するあまり現実をおろそかにしない為の、一種の安全装置の働きを期待して導入されたらしい。『ＧｏＷ』内での熟練度上昇は早くはないので、「本格的に身につけたい技術は現実世界でも頑張ってね！」という事。確かに昨今のゲーム依存者数を考えれば良い対策かもしれない。

ちなみにアシストや補整はオンオフ自由に選べるらしく、熟練度が高い人は現実同様自分の力だけで行動をする事も可能だとか。武術関連に変な補整がかかると慣れるのに苦労しそうなので、僕的には助かる。

さらにその熟練度自体も、最初から全てを網羅した一覧のような物があり、そこから上げたい熟練度を選ぶ、という訳ではないらしい。

本を読んで知識を得るだとか、魔術師や騎士に弟子入りして稽古をつけてもらうだとか、現実に即した手順を踏む事で初めて自身の熟練度一覧に表示される。

サービス開始直後に話題になったのはモンスターの解体について。うまく皮がはぎ取れなかったり、知識がない故に必要ない物だけをはぎ取ってしまったりして、全く買い取りをしてもらえなかったとか。金策を練ろうにも金策が実現できない状態で、阿鼻叫喚の地獄絵図だったと書いてある。

買い取りしてくれる店や猟師に聞く。或いは本を読むなりして、必要な部位がなんなのかを知る。この騒ぎで『GoW』の世界観を皆実感したとの事で、良い意味でも悪い意味でも盛り上がったようだ。

だから『GoW』で最初に選ぶのは、スタート地点となる国と種族、そしてキャラクターの外見のみ。職業のような物は一切ない。

スタート地点毎にメインストーリーが異なったり、序盤に手に入る食材や素材に差があるとの事だったけれど、今回は仕事の為に始めただけなので特にこだわりはない。

人口が均一になるようにプレイヤーが少ない国には「おすすめ！」マークが随時つくらしいので、

素直におすすめを選択しておこう。ちなみに四国から選べるらしい。一つの世界に存在する国の数としてはえらく少ないけれど、大国のみ選択可能……とかそういう事だろうか。それ以上の情報は調べきれなかった為不明。

種族に関しては八種類から選べる。小説では限定版や課金で解放される種族なんてものがあったけれど、現時点では『GoW』にはそういった種族はないようだ。ただし、一人につき一キャラクターしか作成出来ず、作成したキャラクターを削除したあとは一週間再作成が出来ない仕様なので、プレイ開始以降に種族変更や外見を変更する場合は課金が必要になる。

確かに熟練度ベースのシステムであれば複数キャラを作る必要もないし、削除する必要も全くない。この制限は嫌がらせ目的での捨てキャラ作成を防止する為の措置だろう、と推測されている。

選べる種族と公式情報、実際に選んだ人による所感については、ずらっと情報サイトに列挙してあった。

一、人間族。全てにおいて平均的。特別に秀でた能力はないものの、苦手な事もない。なにがしたいか悩んだ場合におすすめ。

二、エルフ族。魔法と弓の熟練度上昇率が高い。半面、力関連と防御関連の熟練度の伸びが悪く近接職は向かない。魔法と弓は未経験者には難しい。悪い事は言わないから他の種族にしておけ。

三、ライカンスロープ（人狼族）。昼間は人間族に見えるが、夜に人狼化する。昼間でも人間族に比べて身体能力が高いが、魔法熟練度の上昇率は壊滅的。種族熟練度が一定数値以上になると、強制人狼化が解除され、昼夜問わず任意のタイミングで人狼化出来るようになる。人狼化状態では人狼ハンターに注意。

四、獣人族。選ぶ種族によって能力はまちまち。種族熟練度が一定数値以上になると完全獣化や完全人化が可能。国によっては迫害を受けたり、逆に神聖視される。

五、ドワーフ族。力関連と採鉱や細工、鍛冶関連の熟練度が上がりやすいので生産職に向く。防御関連も悪くないので、盾職にもおすすめ。

六、ヴァンパイア（吸血鬼族）。身体能力は高いが日光に弱く、太陽光が届く範囲ではステータス低下のデバフが発生する。蝙蝠《こうもり》や狼に変身して移動が出来る。魔法、物理どちらも熟練度の上昇率は良いが、一部属性はダメージを受ける。ヒール系魔法とか光系統。マジで死ぬから気を付けろ。種族熟練度が一定数値以上になると太陽の下でもステータス低下デバフの割合が下がる。吸血鬼ハンターに注意。

七、天族。翼があり、空が飛べる。魔法系熟練度の上昇率はエルフ以上に良いものの、光・水・風属性しか扱えない。状況によっては天の使いとして神聖視されやすい。

八、地族。翼があり、空が飛べる。魔法系熟練度の上昇率はエルフ以上に良いものの、闇・火・土属性しか扱えない。状況によっては悪魔として恐れられる事もある。

ちなみに、人狼族と吸血鬼族だけは例外で、その種族のプレイヤーに噛まれる事でも種族変更が出来るらしい。まあ絶対に吸血鬼だけは選ばないと心に決めているので僕には関係がないけれど。

現実で日光を浴びられないのに、ゲーム内でも日光による制限があるなんてお断りである。

獣人に関しては選べる動物一覧が更に列挙されていたけれど、もふもふの耳や尻尾が生えた状態で篠原さんと会うのは恥ずかしいので読まずに却下した。

少しだけ、今後の小説の参考になりそうだからと魔法関連の熟練度が上がりやすいエルフにしようかな？　なんて悩んだけれど、魔法は現実世界には存在しないので熟練度上げが非常に難しく、サービス開始一ヶ月が経過した今でも魔法を発動出来たプレイヤーはいないらしい。いくら戦闘をしないつもりとはいえ、魔法が使えない状態で力も防御も伸びが悪いエルフを選ぶのは待ち合わせ場所にすら辿り着かないのでは……？　と考えて却下。無難に人間族を選択しておこう。

下調べや回線増強工事やコクーンの初期設定といった諸々の準備も終わり、ようやく『God of World』通称『GoW』の世界へと旅立つ準備が整ったのは篠原さんとの話し合いから一週間後だった。

壱．プレイ開始？

事前に決めていた通り、国はシステム側で表示されたおすすめを、種族は人間族を選択した。

その次に表示されたキャラクタークリエイト画面では、デフォルトで自分の顔といくつかのプリセットが選べ、そこから更に編集を行えるみたい。

プリセットは同じ顔が居そうだし、そもそも今後篠原さんと会う事を考えるとがっつり別人顔というのも恥ずかしいな、と考えて自分の顔を選択。流石に現実とまったく同じ顔というのも危ないかな、と思って細部を編集……しようと思ったけれど、パラメータ調整とやらが全く理解出来なかったので断念。

まあ、現実とまったく同じ顔でいわゆる身バレをするかというと……、日光が駄目なのでサイン会はした事がないし、住んでいる地域的にも多分そのままで大丈夫だと思う。自分でも設定が出来そうな、髪型や瞳の色を変える程度にとどめる事にしておこう。

髪型は、現実世界で美容院に行けない影響でずっと憧れていたゆるふわパーマを選択。いっその事髪や瞳は明るく！　と思ったものの、熟練度が現実ベースである以上、本当に現実の体質が影響しないのか不安になってしまい、日焼けに一番強い黒を選択。結局現実と髪型以外一切変わらないキャラクターになってしまったけれどまあ良いだろう。あくまで仕事の為に始めるんだし、うん。

吸血鬼はたいてい整った顔立ちだけど、ゲーム特有のザ・イケメンというほど煌びやかでもないので、悪目立ちもしないはず……。

身長などの身体情報に関しても、変に変更して移動に支障を来《きた》すのが不安だったのでそのまま。

ちなみにこのゲームに性別の選択肢はない。昨今話題になっている性自認に関する問題や、全年齢ゲームの為R18行為が一切ない事、現実的な世界観といえども風呂やトイレがないので裸になる必要がないとの判断からそうなった。その代わり、身長や体重、胸や筋肉の発達具合まで誰でも自由に種族も関係なく設定出来る。極端な話、首から上はがっつり男性なのに、下はプロポーションの良い女性、なんて事も出来てしまう。

最後にプレイヤー名を打ち込む。え、入力？　と身構えたけれど、声に出して漢字を想像するだけで勝手に入力された。おお、なんて僕に優しいシステムなんだ。

設定も終わったので空中に浮かんでいる完了ボタンに腕を伸ばした所、最終確認の画面が表示された。

国家：シヴェフ王国
種族：人間族
プレイヤー名：蓮華《れんげ》

問題ない事を確認し、ＯＫボタンに軽く触れる。

その瞬間、流れていた優雅なＢＧＭがぶつりと途絶え、視界が暗転した。もうちょっとこう、徐々に音楽がフェードアウトする感じで移行出来なかったのだろうか？　なんて事を思っている間に、西洋ののどかな田舎《いなか》町、といった雰囲気の町の入り口に居た。入り口から見た限りでは、村というほど小さくはないけれど、都市と呼べるほど大きくもないように見える。

時々聞こえてくる人の話し声や馬の嘶《いなな》き、なにかの作業をする音。それになにやら美味しそうな匂いも感じる。思った以上に現実と大差がないくらい五感に語りかけてくる世界に興奮し、暫しその場で堪能する事にした。ようやく満足して町の中へと一歩踏み込む。さあ、ゲーム開始だ。

けれど、待てど暮らせど風景が変わったり、なにかが視界に表示されたり、或いは誰かに話しかけられたりする事もない。……ん？　あれ？　小説とかにあった、チュートリアル的なものはないのだろうか。それともこれだけ本格的なのだから、自分からなんらかの行動をとる度に説明が始まるとか？　……そういえば、そんな感じの小説もあった気がする。

うーん、見回す限り、誰かの頭上に「！」や「？」といった記号が浮かんでいたり、地面に矢印がついている訳でもない。やっぱり、ストーリーを進める為のクエストとやらを受けるのも「システムに頼らずに自分で行動して頑張ってね！」という方針なのかもしれない。

とりあえずここがどこなのかを聞く為に、誰かしらに話しかけないといけない訳だけど。プレイヤーとそれ以外――いわゆるＮＰＣ《ノンプレイヤーキャラクター》とやらの違いは、頭上に緑の小さなマークが浮かんでいるか否かで判断がつく感じかな。多分、マークが浮かんでる方がプレイヤーっぽい。なんか僕と同じで挙動不審だし。という訳で、なんのマークも浮かんでいない人物に試しに話しかけてみよう。

「すみません、ここはどこでしょうか」

本当に作家なのか疑わしい、とっかかりもなにもないド直球の質問から始めてしまった。こういうところで普段の対人熟練度？　が露呈するよね。だってほら、小説の執筆は会話の熟考時間が無制限だから。

「うん？　見かけない顔だね。旅人さんかい？　最近は随分多いね。ここはシヴェフ王国最南端に

ある町、オルカだよ」

僕の対人熟練度の低さは、幸い会話に影響しなかったようだ。「どこかも分からずにここまで歩いてきたのか」って不審な目で見られてもおかしくないかと思ったけれど。

それにしてもシヴェフ王国か。スタート地点として選んだ国で間違いはないみたい。南って事は、北上すれば王都とかに着くのだろうか。

「ありがとうございます。ちなみに、王都はどの辺りにあるんでしょうか？」

「ずーっと北上した、国の中央辺りって聞いた事があるけど、詳しくは知らないねぇ」

「なるほど……。あ、えーと、この町には宿屋はあるんでしょうか？」

「あるにはあるけど……多分今は埋まっちまってるんじゃないかい。さっきも言った通り、最近やたらと旅人が多いからね」

ふむ。新規プレイヤーは旅人の扱いなのかな？　で、そのうち何人かが既に借りていて部屋は満室、と。全プレイヤーが借りられない仕様の辺り、現実的ではあるけど僕みたいなゲーム初心者には不便だなあ。

とりあえず、ここで寝泊まりするのも難しそうだし、待ち合わせの事も考えて、先に進んでみるしかないか。

篠原さんが居るのは現実世界の企業専用のオフィス街らしい。待ち合わせ自体は王都でひと月後。各国の首都とオフィス街は繋がっているそうだ。「待ち合わせの日まではゲームを進めながらこの世界に慣れてください」と言っていた。

「王都に辿り着くのが無理であれば迎えにいきます」とも言われたけれど、さすがにそこまで迷惑はかけたくないのでなんとか辿り着きたい。どの国もクエストをこなしていれば平均一週間程度で辿り着くと聞いていたけれど……。クエストがどこにあるのかも分からないなんて、先行きが不安過ぎる。

篠原さんの取り計らいもあって今月はもう書かなければいけない連載物はないし、睡眠も食事もする必要がない僕は六時間おきの強制排出以外はずっとゲームをしていられる。ならとりあえずクエストとやらを発生させる為に、この町の住人全員に話しかければどうにかなるのではなかろうか。

住民全員に話しかけた結果、僕は多くの頼まれ事をこなしていた。最初こそ不審者を見るような目つきで門前払いをくらったけれど、お金に困っていると思われたのか、一人の男性が軽いお使いを頼んでくれたのを皮切りに、とんとん拍子に町に溶け込む事が出来た。

もしかしたらＮＰＣに話し掛ける事でなにかしらの熟練度か好感度のようなものが上がっているのかもしれないけれど、それらの見方が分からない。

最初に六時間経過した時に、コクーンから強制排出されたついでにその辺りを調べてみたけれど、なにやら様子がおかしいのだ。

普通はスタート地点に降り立ったタイミングでＮＰＣから話しかけられ、チュートリアルを兼ねたメインクエストが発生するらしい。熟練度に関してもシステムメニューとやらから見られるとの事。でも、早速ゲーム再開後にサイトに書かれていた通りに声を出したり腕を振ってみたけれど、うんともすんとも言わない。システムメニューが出ないのだ。

とはいえ、ＮＰＣとは普通に話も出来るし、お使いをこなせば多少とはいえお金も稼げる。文字の類いも日本語で書かれているので問題はない。ＮＰＣと交流を深めた結果、王都方面へは馬車を乗り継げば辿り着けると教えてもらったので、当面の間ここで乗車賃と食費を稼げば、なんとか辿り着く事は出来そうだと判断。

作家としてはストーリーが堪能出来ないのは残念だけど、あくまで僕の目標は王都で篠原さんと合流する事。移動自体に支障がある訳でもないので多少の疑問は気にしない事にした。大通りで試してしまったので住民から不審者を見る目付きで凝視されてしまい、恥ずかしくて二度と試したくないだけ……なんて理由では断じてない。

方針が決まったのは良いものの、住む所はどうしよう？　と考えていたら、最初にお使いを頼んでくれた男性住人がとても良い人で「家に住んでも良い」と言ってくれた。ありがたく居候《いそうろう》させてもらいつつ今はひたすらお金稼ぎに勤しんでいる。まあ、ＮＰＣからのお使いが多岐にわたっている為、武器・ポーチ・リュックと、結局色々用意する必要が出てきてお金の貯まり具合は微妙だけど。

でもその分、植物と動物の解体方法に詳しくなれたのが嬉しいところ。そして肉の解体時に気付いた事は、香り自体は現実世界同様に感じるけれど血液に対する抗いがたい魅力を一切感じない事。これは僕にとって朗報だった。なにが辛いって、現実世界では血液の香りは凄く美味しそうに感じるので数分嗅いでいるだけで我を忘れて飲んでしまう事。でも味はとても不味く感じるので、結局全部吐き出してしまうのだ。

最初こそ恐る恐るだった日中帯の活動も、日光による身体への影響が全くないと分かってから僕は一気にこのゲームにのめり込んだ。ああ、久し振りの日光浴が気持ち良い……。

居候先では、毎度美味しい料理もしっかり満喫出来ていて、ここは天国なんじゃないかと錯覚するほど。

元々僕は料理が好きだった事もあり——その当時も変わり者と呼ばれていた——、今では家主に代わって料理をしている。僕がまだ人間だった頃には目にした事がない、洋食や中華料理なんかのレシピを現実世界で探してはゲーム世界の家主相手に試行錯誤する日々。

現実時間の七時間で一日が経過するので、家主の食事頻度もプレイヤーよりかなり高い。プレイヤーはどれだけ食べても満腹にならないので、いつでも好きなように食べられる仕様。だから毎食ご相伴にあずからせていただいていますとも、ええ。

そういえば、ゲーム世界でもブラウジングが出来ると書いてあったけれど、例によって例の如く僕はシステムメニューすら開けないので、六時間間隔の強制排出時まで待たないと調べ物ひとつ出来ない。住人の食事頻度に合わせてレシピをゲーム内で調べる事が出来ないのが地味に不便。それにこれはさすがに今後の執筆に影響がありそうかも。……まあでもどうせネットを使いこなせないから本の類いで事足りるだろうし、王都で篠原さんに合流したあとに聞けば良いか。決して料理が美味しすぎて優先順位を無視している訳ではないですよ？　……だってほら、料理熟練度が上がればバフ料理？　とやらを作ってプレイヤー相手に商売も出来るかもしれないし。本格的にゲームをしないとしても、今後も食事をする為にお金を稼ぐ手段はいくらあっても困りはしない。

システムメニューが開けなくても料理の売買自体は行えた。商人が、定期的に近くの村や町まで品物を運んでいるようなので、僕が作った料理もそこに卸してもらっている。時間経過を止めるなんて事は出来ないのであくまで保存に長けた料理ばかりだけど、これが結構町のＮＰＣを相手するよりもお金になっているのだ。

システムメニューのオークション機能とは違って即入金とはいかず、商人ＮＰＣが町に戻ってくるのを待つしかないのが唯一不便な点。こんな感じで僕なりにゲームを満喫していた時、商人から「近々王都まで行くので護衛としてついてきてほしい」と頼まれた。

本来かかるはずの馬車代も食事代もかからず、むしろ商人が護衛費用まで払ってくれるとの事だったので僕は一も二もなく承諾した。時間こそ想定よりもかかるけれど待ち合わせ日時はまだまだ先だし、なにより迷わず確実に王都に辿り着けるのが魅力的だよね。

元々武器の扱いに関しては父から厳しい指導を受けていた為、剣術にはそれなりに自信がある。最近は争い事がないので実戦はめっきり減ったけれど、日課として素振りだけはずっと続けていた。そのお陰なのか、ゲーム内で少し動物を相手しただけである程度の勘は戻ってきた感じがする。

それが王都行きに繋がるなんて、僕を産み育ててくれた両親に感謝しなければ。


王都へ向けて出発する当日。

なんだかんだ、ゲーム内で十日ほど滞在していた事もあり、オルカの町の人々は僕を見送りに来てくれた。現実時間では七十時間。まだ三日程度とは思えないくらい仲良くなったのは、六時間毎の強制排出をくらった直後に即ログインし直し、血液補給とお風呂以外の全ての時間をまるまるゲーム内で過ごしたからだと思う。

気を付けないといけないのは、血液補給の量か。初日、ちょっと様子見のつもりで小量しか飲まなかった——未だに多めに飲むと吐く——せいで、六時間の強制排出と同時に心音監視のエラー音が出てしまった。エラーが発生した段階で病院へと通知がいく仕組みらしく、連携している最寄りの病院から電話がかかってきてしまうという事態に発展。僕が電話に出たので誤報だと判断されて事なきを得たけれど、それ以来六時間の強制排出のタイミングで必ず一定量以上の血液を補給するようにしている。本当は一気にパウチをひとパックとか摂取出来ればこの手間も省けるのだろうけど、大量に摂取すると吐き戻してしまうのだから仕方がない。

想定外だったのは見送り時に皆、薬草やら保存食やらを持たせてくれた事。事前に大きめのリュックを買い直しておいて本当に良かった。

更には、「護衛が荷物を持っていては困る」との事で、商人が荷馬車の空きスペースにリュックを置くように言ってくれたのもありがたかった。重量までリアルに再現されているせいで、リュックを背負ったまま出発するのが実はちょっと不安だったのだ。

そうして出発して暫くの事。商人は現実の六時間間隔で眠るので僕の排出時間と丁度被るし、そこは良いのだけれど問題は護衛の交替タイミング。僕と二人のＮＰＣ護衛とで交替で仮眠をとっているのだけど、ＮＰＣと違ってプレイヤーはそんな短期間に睡眠をとる必要はない。僕に限って言えばもっと不必要。なのに眠らないと護衛の質が下がるからと無理やり睡眠を命じられるのだ。これには参ってしまった。仕方がなく寝たふりをしてみたものの、それはそれで暇。結局僕は魔法の基礎練習をする事にした。

実は護衛の一人が魔術師で、道中、基礎の基礎を教えてもらえたのだ。事前に仕入れた情報に魔法は途方もない時間がかかると書いてあったので特に手を出すつもりはなかったのだけど、他に寝たふりをしながら出来る事がなかったのでこの際やってみる事にした。最初の修行は「体内の魔力を感じる」事で、横になって目をつぶっていても出来る。寝たふりとの相性が抜群だった。

魔術師を極めようというプレイヤーが少ないのは、どうやらこの「体内の魔力を感じる」というところで挫折するから、らしい。目で見る事が出来ない魔力をどうやって感じるのか。確かに人間には難しいかもしれない。でも僕はゲームの為に血液補給を再開したばかりの吸血鬼。五感と身体能力の向上という血液補給の副産物のお陰で、魔法の基礎修行の取っ掛かりがある訳で。

「要するに、血液が体中を駆け巡っているあのなんとも言えない感覚と似たようなもの……かな？」

このアドバンテージは大きいだろう。嫌々飲んでいた血液がこんなところで役立つなんて、人生とは分からないものである。吸血鬼が人生を語って良いのかは分からないけど。

そうして旅も中盤にさしかかり、いつものように夕飯を食べながら世間話をしていた時。今更ながらこの世界の事を全然知らない事に気が付いた。商人であれば他の人達よりも情報を持っているかもしれないし、思い切って色々と質問してみようか。

「いつもオルカから王都までの間で商売を？」

「いや、世界中色々見て回ってるよ」

「世界中！　それではもしかして大体の国の位置とか……」

「ああ、そういえば旅をしているんだったか。それじゃあ次に行く場所の参考にでも……ほら」

そう言って手書きの地図を見せてくれる商人さん。世界地図どころかシヴェフ王国内部の地図も揃っているではないか。これは嬉しい誤算だ。

地図を見る限り、最初に選べる四カ国以外にも大小様々な国がある。でもずば抜けて大きいのはこの四つ。それが理由でプレイヤーの開始国家になっているのかもしれない。

「シヴェフ王国は……海に面してないんですね」

「おお、海を知っているのか。初めて見た時は私も感動したものだ。君の言う通り、シヴェフは四強唯一の内陸国。海に面していないのに四強だなんて凄い国だよね」

「四強？」

聞き慣れない言葉に僕は首をかしげた。

「知らないかい？　この大陸で最も栄え、強大な力を持った四つの国の事だ。シヴェフ王国、アルディ公国、カラヌイ帝国、レガート帝国の事さ」

やはり初期国家四つには理由があったらしい。四強と言うのか……覚えておこう。

「内陸国なのに強国の一つに挙げられるなんて、この国は凄いんですね？　国土もアルディとレガートに負けているように見えますが」

「君は博識なのに妙にこの大陸の情勢に疎いんだな。もしかして他の大陸から来たのかい？」

「え？　ええ、まあ……そんなところです」

他にも大陸がある事に驚きつつ、適当に合わせておく。日本から来たのだからあながち嘘でもない。それにしても別の大陸か……もしかして今後、船で行き来できるようになったりするのかな？

「この国は掘れるのさ。ここだけの話、この国で犯罪奴隷と言えば鉱山労働を指すくらい有名なんだ。だから他国は喉から手が出るほどこの国が欲しいけど、武器や防具の材料をこの国が握っているのだから戦争は難しい。逆に、この国は海が欲しい。だけどこの国が海を手に入れればそれこそ一強になってしまってもおかしくない。それを分かっているから、この国がどこの国を攻めたとしても他国が一致団結して阻止してくる。それでこの国も下手に動く事が出来ないんだ。ここ数百年ほどは表面上は平和な世の中だ。お陰で国を跨いだ商売が出来るから、こっちとしては大助かりだけどね」

誰に聞かれる訳でもないのだろうが、商人は声をひそめて教えてくれた。犯罪奴隷……このゲームには奴隷が居るのか。嫌な方向にもリアルだなあ。人手が足りなかったら軽犯罪でも鉱山行きになりそう。気を付けないと。

そうして時々雑談をしながら護衛を続け旅も終盤、王都が近付いてきたタイミングで魔力の感知が出来るようになった。ここまでの旅路はゲーム内で四十日間。夜時間帯だけ練習していたので現実時間では四十時間。取っ掛かりがある状態で四十時間もかかるのなら、普通の人間は何時間かかる計算なのだろうか……。運営さん、ちょっと仕様がひどくないですか？　魔術師に対する恨みでもあるのかな？

ここから王都までは十日といった程度。このペースだと王都に着くまでに終わるかは怪しいけれど、魔術師に頼んで次の段階も教えてもらった。

感知出来るようになった魔力を指先に集中し、小さな炎を出す練習。さすがに血流をどうこうした事がないので取っ掛かりになる事象はない。

魔術師曰く「指先を切った時に神経が集中してる感覚」らしいけれど、ちょっと僕にとっては記憶の彼方《かなた》過ぎて参考にならない。……と思ったけれど、試しにゲーム内で指先を切ってみたら似たような感覚が！　痛みを感じる事自体久々で現実的な痛みに一瞬びっくりした。あれ？　これはもしかして戦闘中に怪我をしたら結構な痛みが襲ってくる感じでは？　読んだ小説の中では「痛覚設定」なんてもので調整出来たけれど、きっと今の僕じゃシステムメニューとやらが開けないから出来ないんだろうなあ……。うん、怪我はしないようにしよう。

まあでもそのお陰で、指先に炎を灯す事は案外簡単に完了。どうやら一番最初の「体内の魔力を感じる」が一番の難関みたい。他のプレイヤーさん頑張って！

そんな感じで思いの外色々と収穫があった護衛の旅も、ついに王都に到着して終わりを告げた。元々王都に用事がある事は伝えていたので商人とはここでお別れだ。魔術師は商人と一緒に戻ると言っていたけれど、「引き続き魔術の修行がしたいなら」と王都の知り合い魔術師への紹介状を書いてくれた。なんて親切なんだろう。折角ここまで頑張ったのだし、篠原さんとの待ち合わせ日時まで修行に勤しむのも悪くない。後で訪ねてみようか。

……そういえば、王都までの道中でプレイヤーらしき人物と目が合ったけれど、ちょっと驚いたような表情で逃げられてしまった。あれは一体なんだったのだろう……？

さて。王都に辿り着いたのは良いけれど、待ち合わせの日まで、まだ現実時間で十三日残っている。

「うーん……、なにはなくとも住む所は絶対必要だよね。出来れば自炊が出来る所が良いけど……」

なんて呟きながら辺りを見回していると、ある事に気がついた。キャラメイクがかえって浮いている……。皆現実じゃ絶対にしないようなカラーリングばかりで、黒髪黒目なんて殆《ほとん》ど居ない。プレイヤーはともかくNPCにも居ないってどういう事なんだろう？　もしかして、不吉な色として忌み嫌われるとか、そういう世界観的設定があったりするんだろうか。

現状NPCに頼りきりな僕としては、そういう設定があると困るんだけど！　いやでも、オルカの町の人達は皆親切だったしな……。

そういう事を調べる為にも、図書館的な所を探してみるのも良いかもしれない。王都ならきっとあるよね、誰でも入れるのかどうかはさておき。

でもまずは宿を探すとして……どこが良いのか全く分からない。強制排出時におすすめを調べる？　でもこのプレイヤー数なら既に埋まってそうだから自力で探した方が早いか。ひとまずレストランにでも入って聞いてみようかな。さっきから漂っている良い匂いに釣られて、宿探しよりも先に他人《ひと》様が作った料理を食べたいと思っている訳じゃないですよ？　現在地から見えているあの店の匂いかな？　右も左も分からないし、変に歩き回るよりもまずはあそこで腹ごしらえと情報収集をしてみよう。

「エリュウの涙亭……エリュウってあれだっけ、なんかここまでの道中でもたびたび襲ってきた猪みたいな熊みたいな獣だっけ。あれの肉料理がメインなのかな？」

正直エリュウの肉は気になっていたのだけれど、一度も口に出来ていない。道中倒した時は商人の護衛という事もあって血の匂いで他の獣類が寄ってくる事を嫌い、解体もせずにそのまま置いてきてしまったのだ。商人曰く、「あの近辺であれば他の獣がすぐに食べてくれるので、腐敗した死体が迷惑になるなんて事もない」らしい。

食事の匂いで獣を誘《おび》き寄せる恐れもあったので、道中、基本的には保存用に塩漬けにした肉とこれまた保存用の硬いパンが中心だった。正直エリュウどころか柔らかくて温かい食事が食べたい気分なのである。

「いらっしゃいませー。お好きなお席にどうぞ」

なんというか、ファンタジー小説でよく描写される感じのレストランだなあ、という印象。良くあるギルド？　が併設されてる訳じゃない、完全なレストラン。それも昼時をちょっと外れた時間帯なので、酔客が居らず雰囲気も悪くない。

情報を手に入れるなら誰かと話した方が良い。そう思ってとりあえず、最も客が集中しているカウンター席を選んでみた。カウンター正面の壁に大きな木の板がくくりつけられており、メニューがずらっと記載されている。大通りに面しているし、店の外観も凝っていたので身構えたけれど、値段も意外と良心的で高い訳ではない。

「ええと……とりあえずエリュウ肉のトロトロメルトシチューとペペロンチーノで」

「はーい、少々お待ちくださいませ！」

注文を厨房へと伝える為、店員さんが奥へと引っ込む。その隙に再度店の内部をぐるっと観察してみたけれど、掃除もしっかり行き届いているし、酒っぽい飲み物を飲んでいる人も静かに楽しんでいるだけで酔っ払って騒いでいる訳ではない。かといって閑古鳥が鳴いてる訳でもなく、かなり良い店なのではないだろうか？

「お待たせいたしましたー」

予想以上に早い料理の登場に驚きつつも、湯気が上がっている料理の魅力にはあらがえず、早速口に運んでみる。

「あー温かい食事と口の中で蕩ける肉の柔らかさの相乗効果が凄い。それにペペロンチーノの辛さが絶妙」

ペペロンチーノに使用されている鷹の爪が僕の知っているそれとは違う気がするけれど、そんな些細な事がどうでも良くなるくらい絶品だ。

「喜んでくださってなによりです！」

おっと、独り言が漏れていた模様。恥ずかしい。

「あ、すみません、一人で盛り上がってしまいまして……」

「いえいえ、お気になさらず。美味しいって言ってもらえて喜ばない訳ないですよー」

「本当に美味しいです！　ところで……この辺りで、おすすめの宿とかありますか？　出来れば長期宿泊が出来て、自炊可能かつ安めな所が良いのですが」

僕の質問に、店員さんはしばし考え込む。あ、そんな真剣に考えられると、なんだか申し訳ないんですが……。

「うーん、長期宿泊出来る宿ならいくつかあるんですけど、自炊が可能な所は難しいですね。やっぱり、宿泊費用を抑えめにして併設のレストランで回収をするお店が多いので」

ああ、なるほど。うーん……。ここの世界での通貨は銅、銀、金となっていて、銅貨百枚が銀貨一枚と同一で、銀貨百枚が金貨一枚と同様。パン一つが銅貨十枚なので、銅貨一枚を十円と仮定して計算してみよう。この店の平均的な一食が銀貨一枚、およそ千円なので現実と物価基準が大幅に違うという事もないはず。今の手持ちは金貨一枚。宿が一泊銀貨三枚と仮定して、それを現実時間十三日分……ゲーム内で四十四日連泊すると……、どう考えても余裕で足が出るんですよねえ、これが。一泊銀貨二枚の所を見つけたとしても、食費が捻出出来ない。

このゲームに満腹度はないけれど、空腹度は存在する。長い期間空腹で過ごしているとHPが徐々に減っていく仕組み。現状、システムというシステムが一切使えないので、どれくらいの間隔でHPが削り取られていくのかも不明だけど、とにかく食事は必須だ。

王都に居る間に依頼とかをこなして稼がなければならない。でもコネがない。オルカの町でも最初はすげない態度をとられたのだ。王都ともなればもっと冷たくあしらわれてしまいそうな予感。

急に黙り込んだ事になにかを察したのか、いつの間にか店員さんは居なくなっていた。金欠の相手をするより、もっと注文してくれそうな人の相手をするに決まっているか。

まあ、ここでぐだぐだ考えても仕方がないので、とりあえず黙々と食事は進める。最悪、格安で長期宿泊出来る宿を教えてもらって、ＨＰが減りそうなぎりぎりの頻度で食事をすればなんとか足りるかも。

　なんて思っていたら、店員さんが戻ってきて、僕の耳元でこそっと囁く。

「店主の……父なんですけど、許可が取れたのでよければうちに泊まりませんか？　うちって言っても、この上なんですけど」

「え、それって……？」

「その代わり『食材を獲ってきてくれるなら』って条件付きですけどね。お客さん、腕っ節強そうだし。うちの料理を食べても良いし、自炊してもらっても大丈夫です。上の階にも台所はあるので」

「それは勿論。でも、本当に良いんでしょうか？　見ず知らずの初対面の人間なのに……」

「お客さんがここ《南門》に入ってきた時に一緒に居た商人さん、うちもよく取引してるんです。あの人、世界中を回って貴重な物を扱っているから、護衛選びはすごく慎重なんです。だから、あの人の護衛をやっていた貴方は、この町の商売人からは既にある程度の信頼を得ているんですよ」

　そんな事を、ウィンクしながら言うもんだから、僕は思わず呆けてしまった。ええ、なにその……いや、でも護衛は腕より人格なんて事を昔、馴染みだった商人も言ってたなあ。あそこの商人と馴染みになった途端に、他の店からも仕事が舞い込んできたんだっけ。まさに今と同じ状況じゃないか。

「そうなんですか……。では、お言葉に甘えさせていただきます」

　王都に着いて大して時間も経っていないのにとんとん拍子に事が進んでしまい、正直ちょっと怖いくらいだけれど早速二階の空き部屋に案内してもらった。

店主《ジョン》さんも店員《リリー》さんも「今日は疲れてるだろうから食材の調達は明日からで良い」と言ってくれて、本当に良い人達である。

長い野宿生活も終了し、ベッドに腰掛けて一息ついているとコンコン、と部屋の扉を叩く音。ジョンさんかリリーさんだろうと思い、「どうぞ」と声をかける。

と、扉を開けたのは見知らぬ女性。誰だろう？　ジョンさんの奥さん……にしては若すぎるし。リリーさんの姉妹だろうか？

「初めまして蓮華様。ゲームマスターのフェリシアと申します」

「あ、はい……？」

げぇむますたぁ……あのゲームマスター？　ゲーム小説内で比較的重要なポジションを担いがちな、あのゲームマスターだろうか。

弐　どうやらＮＰＣのようです？

「突然申し訳ありません。他のプレイヤーより蓮華様の『プレイヤー名が表示されていない』、『システムメニューが開けていない』、などといった問い合わせが複数ございました。運営側にて調査したところ『脳波が人間らしくない』と当ゲームのＡＩが判断した為、蓮華様のステータスがＮＰ

Cとなっている事を確認いたしました。弊社といたしましては、お使いいただいているVR機器の故障の可能性が一番高いと考えております。つきましては原因解明の為にも一度、ご使用いただいているVR機器の設置場所への訪問と確認・修理の許可をいただければと思います」

ああ……もしかして王都までの道中で僕を見て驚いて逃げたプレイヤーは、僕の頭上とかにプレイヤー名が浮かんでいない事に驚いたのかな。自分では見えないから気付かなかったけれど。

ふむ、だとしたら、そもそもどうして僕がプレイヤーだと思ったのだろう。単にNPC一行が王都へと移動しているとは思わなかったのだろうか。

「一つ質問なのですが、どうして他のプレイヤーは運営に問い合わせをしたのでしょうか。僕に名前の表示がなければただのNPCだと思ってスルーしそうなものですが」

「そうですね……私の方で詳細は分かりかねますが、システムメニューが開けない件については『そういった言動を聞いた』との問い合わせをいただいております。システムメニューが開けなかった旨をどこかで口に出されていないでしょうか」

「ああ……そういえば試してみた時に独り言を言った気がします。ええと……自宅に人を呼んで良いか確認してきても良いでしょうか？」

「はい、勿論です。突然の依頼となりますし返答はすぐでなくても構いません。公式サイトに記載してある弊社連絡先へとご連絡いただければと思います」

「わかりました。……ああ、えっと……いつもコクーンの強制排出時にログアウトしているのでまだしばらくはログアウトが出来ないのですが」

「蓮華様の方で異論がなければ、私がＧＭ権限で強制ログアウトを実施する事も可能です」

「あ、ではそれでお願いいたします」

◇

とにかく、今すぐ洋士に相談しよう。なんとなく、故障ではなく僕のせいな気がするから。こういうのをどうにかするのは彼の得意分野だし……。先日の集会で僕が一方的に番号を聞いただけ。出るか不安だったけれど、洋士はワンコールで出てくれた。

「なんだ……あんたか。というよりも今時家電《いえでん》なんてありえるのか……それで、どうした？」

「うん、ちょっと困った事になって、相談させてほしいんだけど」

「あんたの困った事か……嫌な予感はするがまあ良い。それで？」

僕は『ＧｏＷ』を始めた事、ゲーム内で起こっている事象と、運営側の見解と修理許可を求められている旨を洋士に説明した。

「仕事の為か。まあ確かに編集側からしたらいつまでも一人だけアナログ原稿じゃ困るしな。あー、だから血液パウチを欲しがったのか……そういえばあの時理由を聞いてなかったな。まさか本当に血液断ちをしてるとは思わなくて、そっちに気を取られちまった。それにしてもあんたのその体質は面倒ばかり起こすな。他にも『ＧｏＷ』を始めたやつは何人か居るが、そんな事象は起こってないぞ。間違いなく原因はコクーンの故障じゃなくてあんたの血液摂取量が足りないせいだろ。言われてないだけで多分心音とかも常人の平均値からかけ離れてるんじゃないか？　家に来られても、あんたが血液をもっと飲めるようにならない限りこの問題は解決しないが、仕事の為にはやめる訳にもいかない、と……。事情は分かった。とりあえず運営側には来ても良いって伝えとけ。日程が確定したら俺にも教えろ。同席する。多分……もう一人か二人連れていくと思う。住所は変わってないよな？」

「分かった、迷惑かけてごめん。住所は変わってない。それじゃあ日程が確定したらまた連絡するから、この番号を登録しておいて」

「それは良いけど、携帯くらい買えよ……」

電話が切れる前になにか聞こえた気がしたけれど、都合が悪い言葉だったので聞こえないふりをした。

ふた昔前くらいのガラパゴスケータイとやらも使えなかったのに、今どきの影も形もないような仮想携帯？　なんて使いこなせる訳がない。まあ、そもそも静脈認証ありきのデバイスだったので今まで避けてきたけれど、血液を定期的に摂取するようになった今なら試す事は出来るのか……。頑張れば電話ぐらいならどうにか使える、かな？　でも電話だけなら家の固定電話で十分じゃない？　どうせ出歩く事なんて滅多にないし。

なににせよ運営に連絡しなければならない。公式サイトを開くと、ありがたい事にネットを使った問い合わせ方法だけではなく、電話番号も記されていた。メールも出来なくはないだろうけれど、本当に届いているのか不安になるし、そもそも相手が解読出来る文章が作れるのか怪しい。素直に電話をかける事にした。

電話では話が通じなくてたらい回しにされるかと思ったけれど、軽く事情を説明しただけですぐに察してもらえた。担当者に確認して改めて日時を連絡すると言われたので、電話番号を伝えてから通話を終えた。しまった。切ってから気付いたけれど、『GoW』に戻ったら強制的に六時間プレイする羽目になる。電話が来るまではログインしない方が良いのでは？　すぐに戻るつもりでいたからエリュウの涙亭の二人には事情を説明してこなかったな、どうしよう。

うーん、でもいつかかってくるのかも分からないし……仕方がない、ログインは諦めて電話を待とう。最悪、約束を破ってしまった事によって話が白紙に戻っていてもさすがに部屋に置いてきた荷物は捨てられないだろう。多分。……大丈夫だよね？

待っている間なにをしようかと考えて、『GoW』にかまけて家の事を後回しにしていた事に気がついた。この際なので一気にやってしまおう。丁度今は夜、草むしりから始めるのが無難かな。

草むしりを終えてもまだ辺りは暗かったので、そのまま庭で素振りを始めた。最近は『GoW』に入り浸りで、ろくすっぽ日課もこなしていなかった。現実世界でも鍛錬をしていた方が勘が戻るのも早いだろうし、今後はしっかりとやらないと。

ついつい集中してしまい、気付けば空も白み始めていたので家に入って少し休憩。

本当は料理もあれこれ試してみたいところだけれど、現実世界では処分に困ってしまう。結局集会で聞いた限りでは、料理を食べすぎるとどうなるのか誰も知らなかった。そもそも血液が美味しすぎて他に目が向かないし、料理の味は不味く感じるので飲み込まずに吐き戻してしまうとか。聞く限り、やはり僕の味覚とは真逆のようだ。つくづく自分が他の同族とかけ離れている事を改めて実感させられただけで、結局なんの収穫も得られなかった。

という訳で料理は諦め――そもそも材料もない――、家中の掃き掃除と拭き掃除をしている最中に電話が鳴り響いた。いつの間にか八時になっていたようだ。やっぱり身体を動かしていると時が経つのは早いなあ。

電話の相手は運営さん。技術担当者と共に明日、土曜日の朝十時に訪問して良いかとの事。想像よりもかなり早い日時だったので、念の為洋士に確認しようかと一瞬悩んだ。けど彼の性格上、直近が困るのであれば絶対に最初に伝えてきたはず。なにも言われなかったのだからいつでも大丈夫なのだろうと判断し、運営さんには了承の旨を伝えた。

◇

日程を洋士に伝えたあと、すぐに『ＧｏＷ』へとログインした。この時点で既に十四時間余りが経っている。ゲーム内時間では二日。店主との約束を完全に破ってしまった形だが、果たしてどうなる事やら……。

ログインしてすぐに部屋を出て階下へ。丁度仕込みの最中らしく、店に客は居ないようだ。

「急に居なくなってすみません！　食材を獲ってくる約束も無視して……」

「あ、お帰りなさい、蓮華さん。大丈夫ですよ、フェリシア様から聞いていますから。思ったより早く戻ってこられたようでなによりです」

なんというアフターサポート。いや、それよりも……フェリシア様？　ＧＭというだけじゃなくて、この世界でもちゃんとした身分を持っているのかな？

「フェリシア様って事は……身分が高い方なんですか？」

「あら、ご存じなかったんですか？　フェリシア様は侯爵令嬢ですよ」

想像よりずっと高い身分に僕は驚いた。でも改めて思い出してみると、上質な布と凝った意匠が施されたドレスを着ていたような気がする。侯爵令嬢なら納得だ。勿論、僕が今着ている、装備とすら言えないような洋服と比べているから余計にそう見えるのかもしれないけど。

運営との約束までは丸二日あるし掃除は今朝までに一通り終えてしまったので、とりあえずはまたゲームに没頭しても良いだろう。

リリーさんに改めて店主のジョンさんを紹介してもらい、宿泊にあたっての条件を再度確認。どうやらここ最近外からの旅人が長期滞在している影響で、どこの宿屋も食肉の確保に難儀しているという。冒険者ギルドへ依頼は出しているものの、他の競合店も同じように依頼を出しているので満足のいく量が確保出来ないらしい。

ジョンさんの店は他と違って宿屋を併設している訳でもないので、食肉の確保は店の生命線と言っても良い。早急になんとかしたい為、滞在費用を取らない代わりに定期的に肉を調達してきてほしいそうだ。

長期滞在の旅人とは、十中八九プレイヤーの事だろうなあ。とはいえ、サービス開始後にＮＰＣの生活に支障が出る事を運営側が気付かなかったとは考えにくい……。

俗に言うイベントとやらの伏線になっているのかな？　或いは多くのプレイヤーが冒険者ギルド

に加入する事を見越して、依頼の数を安定供給させる為なのか。

いずれにせよ、近々王都の外食価格は軒並上昇するかもしれない。……そうなる前に色々な店に行ってみたい気もするけれど、今は財布の紐を緩める訳にはいかないしなあ。

なんて事を考えつつ王都近郊の生態系を二人から聞き出し、検問用に念の為一筆書いてもらった。

更に、店主からのご厚意で夜営道具も借り受けいざ出立。

目的地は東へ向かう街道を抜けた先の森。森自体は比較的王都の近くにあって、且《か》つエリュウの数もそれなりに多いらしい。猪と熊の間のサイズなので、一頭から十分な量の肉が取れるとの事。

荷馬車も貸すと言われたけれど、血抜きをすればどうにか運べるだろうと目算しお断りした。確かに荷馬車があった方が効率的ではあるし、ジョンさんもその方が心置きなく料理を作れるのかもしれないけれど……破損でもしたら弁償しなければならない。荷馬車を気にしていたら狩りにだって集中も出来ないだろうしね。

正直な話、エリュウ程度であれば荷馬車を守って戦う自信はあるのだけれど、それは遠い昔毎日修行していた全盛期の頃の感覚。最近は平和な世の中になった事もあって、「気分転換の為のスポーツ」程度にしか素振りをしていなかったし、なによりこのゲームでの僕の武器は片手剣。刀とは感覚が違ってやりにくいのだ。

早く刀を探したいところだけど、形が珍しい分高いだろうしザ・西洋！　といったこの国では既製品にはなさそうだ。今はオーダーメイドをする余裕がないので当分は片手剣と鈍った剣術で頑張るとして、果たしてそれがどこまで通用するのだろうか。

森でエリュウを探していると、秋の味覚がちらほらと視界に入ってきた。オルカよりも豊富な種類に、思わずエリュウそっちのけで収穫を始めてしまう僕。

オルカである程度植物について学んでいたとはいえ、さすがにプロのチェックがないと怖い。試食はせずにリュックへ詰め込めるだけ詰め込む事にした。特にきのこ類は恐ろしいので王都へ戻ってからジョンさんに聞くとしよう。

森内を広範囲に歩き回ったにもかかわらず、エリュウを見かけぬまま採取だけで日が暮れてしまった。今はNPCも居ないので睡眠を強制される事はないし、王都でログアウトした際に睡眠扱いになっていた為、デバフの発生まで余裕はある。そんな訳で、夜営準備はせずにエリュウ探しを続行。それにしても、事前に店主から聞いていた話では数は多いはずだけど……ここまで遭遇しないのは何故だろう。

種族が人間族なので大して夜目は利かないけれど、吸血鬼特有の五感の鋭さがゲーム内にも多少影響しているのか、それともそういう熟練度が存在するのか。ある程度の範囲内の気配がなんとなく分かる。にもかかわらず、察知出来る範囲に獣の気配が一切感じられない。

うん？　……獣ではなさそうな、なにかの声が聞こえる？

一瞬気のせいかと思ったけれど、よく耳を澄ませばやっぱり聞こえる。こんな夜の森に似つかわしくない女性の声。うめき声にも聞こえるけれど、どこからだろうか。

エリュウも見つからないし、どう考えても怪しい声の主が気になる。もしかしたら獣が居ない事と関係があるかもしれないし、そうでなくとも誰かが助けを呼んでいるのかもしれない。とにかく探してみるとしよう。

不思議な事に、声に集中すればするほど四方八方から聞こえてくる。反響でもしているのかな？

これでは声を頼りに方角に当たりをつける事が出来ない。

それにしても、声は聞こえるのに自分の感覚で感じられる範囲には気配が一切感じられないとは……。

「これはもしかしてもしかすると……幽霊の類い？　だとしてもエリュウが居ない理由が分からない。獣も幽霊が怖いのかな……」

もしも幽霊ならば今すぐ森から逃げ出したい。けれど今後の宿代と食事がかかっているので逃げる訳にもいかない。

声でも気配でも相手の位置の判断がつかないので、仕方がなく森の奥側を目指す。幽霊なら「森の入り口よりも薄暗い奥の方に居るのでは」という雑な予想だ。大丈夫、吸血鬼が存在するのだから、幽霊もきっとそういう種族として存在してるんだ、うん。怖くない。日光が苦手そうなところとか、親近感を感じるよね。嘘だけど。

「足元に気を付けないと転ぶよねー」とか「この辺は手付かずの植物が多いなあ」などと精一杯気を紛らわせてみるけれど、木々がより一層密集し、一段と暗い雰囲気を発している場所まで来た辺りで、誤魔化すのも厳しくなってきた。正直に言います、やっぱり怖いです、依頼を放り投げてでも今すぐ帰りたい。

景気づけに一曲歌おう。声を出す事でなにかが居ても逃げるかもしれない。う、でも逃げられたら困るのか。いや、そんな事はもうどうでも良い。とりあえず歌って誤魔化さなければ僕の精神状態が限界だ。こんな時に一番ぴったりな曲はやっぱりこれだろうか。

「あるとーきー、もーりのなーかー、くまさーんとさんーぽをー……骸骨があああああるいてるううう⁉︎」

まさか……これが言霊の力ですか⁉︎　森の中で骸骨と散歩する羽目になりそうなんですが‼︎

参．相棒

ただひたすらに日々を生きてきた。

書きたい話だけを一心不乱に書きなぐって、けれども長く存在してきた代償か、心は日々磨耗していく。確かに昔は感動した事に、今はもう心が動かない。

いつまで生き続ければ良いのだろう。書きたかったはずの話も今はもう、本当に書きたかったのか、それとも生活の為に書いているのか分からなくなってしまった。

人との繋がりを断ったのはいつの頃だったか。何度も何度も出会いと別れを繰り返した結果、僕は別れるのが怖くて人から逃げた。

看取るのが怖い。年を取らない事に違和感を持たれる前に、自分から姿を消さなければいけないのも辛い。

「いつまでもお若いですね」という言葉に、笑ってごまかすのが辛い。

動かないはずの心臓が、ずっとずっと痛みを訴えていた。

洋士は笑って「適度な距離を保てば良い」と言っていた。他の仲間も「食料供給兼仕事斡旋業者と割り切ってる」と言っていた。

言い方は皆違うけれど、要するに人と深く関わる事をやめたって事だ。皆はそれでも良いのかもしれない。仲間が居るから。

でも僕は。誰もなにも言わないけれど、僕は仲間から浮いていると思う。血が飲めなくて人間の食べ物を好むくせに、仲間の誰よりも日光に弱い。それに僕の戦い方は皆と違って日本刀を使用する。吸血鬼特有の身体能力に任せた肉弾戦はどうにも苦手なのだ。正直な話、皆がなにも言わないのは洋士の父親だからだろう。そうでなければとうの昔に爪弾きにあっていると思う。

僕は一時期、本気でエルフを探していた事がある。火のない所に煙は立たない。「僕ら吸血鬼が実在するのだから、エルフもまた、どこかに存在しているんじゃないだろうか」と思ったのだ。

吸血鬼以外の長命種なら友達になれるかもしれない。淡い期待を胸に全世界中を旅したものだ。けれど残念な事に、エルフはおろか伝説で語られる類いの種族は一人も見つけられなかった。居ない訳じゃないだろう。多分、見つけられないだけ。今でもそう思っている。

まあ、大抵の話の中でエルフやドワーフは善のものとして、吸血鬼は悪のものとして描かれているし。必死に探し回っていた僕から、向こうもまた必死に隠れているのであれば見つける手立てはない。

だから技術の進歩は素直に喜んでいる――姿を隠して人と関われるから。残念な事に機械音痴すぎて、高度なコミュニケーションツールとしての活用は出来ていないけれど。

今回篠原さんから勧められた『ＧｏＷ』は、僕の心を掴んで離さない。久々に気分が高揚しているのはきっと、久方振りに心臓が動き始めたから、だけではないはず。

日々新しい発見があるし、まだプレイヤーとかかわる勇気は出ないけれどＮＰＣとは交流出来ている。

けれど――そう、これは予期していなかったし、求めてもいなかった。

確かに長命の、欲を言えば不老不死の人と知り合いになりたいとは思ったけれど、ここはゲームだしこれは違う!!

「ちょっと骸骨《あなた》とは仲良く出来ないと思うのでお引き取り願えますか？」

そう言ってみるものの、全然引き下がってくれる素振りはない。というか、後ろでなんか蠢《うごめ》いているのも貴方のお仲間ですよね？　あ、これちょっともう限界かもしれない。

せめて他に人が居たらね!?　怖くはないんだよ。でも今一人でしょ？　しかも夜の森でしょ？

控えめに言って怖いですね。僕は日光浴を満喫しに『ＧｏＷ』にきたのであって、夜の森とアンデッドは満喫したくない。

目をつぶって戦っているこんな姿、師匠が見たら絶対に殴られるけどこれは目をつぶっちゃうよね。直視したくないもん。さっきちらっと、後ろの方に骸骨じゃない感じのちょっとフレッシュな身体の人を見つけちゃったし。もう無理。その手の類いは映画も小説も読めないんです。僕は料理を満喫しに『ＧｏＷ』にきたのであって、腐ったお肉は満喫したくありません。むしろ食欲が失せるから視界に入ってこないでほしい。

こうなった以上、どう考えてもエリュウをお持ち帰りするのは難しいし、撤退するのもやぶさかではないけれど……。この森は王都から二日程度の場所。放置したらまずい事になりそうなんだよなあ。けど、なんの証拠もない状態で戻って報告をしても信用はないよね。

「なんかこう……とりあえず貴方とかお持ち帰り出来たら、話に信憑性が出てきますかね？　はあ……お持ち帰りするなら肉が良かっ……あ、貴方のお仲間のお肉は要らないのでこっちに来ないように言ってください。それより、貴方はどうやったら死ぬんですか？　あ、もう死んでるのか……。えっと、心臓的な物はどこにあるんだろう。とっても開放的なお姿なのに弱点らしき部位が見当たらない……」

恐怖心と戦いながら目を開き続けてみたけれど、弱点が見当たりません。本当にありがとうございました。

「貴方骨密度高すぎませんか？　剣の方が先に限界迎えそうなんですけどこれ……」

何度か切り付けてみるものの、全くダメージを与えられている気がしない。骸骨さんもわらわら来ているし、フレッシュな身体の方も、骸骨よりは足が遅いけれど段々集まりつつある。ひとまず解決策を見つけるまで一時撤退。さすがに森の入り口付近まで戻れば暫くは追ってこられないだろう。目標を見失えば諦めて眠りについてくれるかもしれないし。

「フレッシュな方を狙った方がお持ち帰り出来るかもしれないけど……あれを剣で切り付けるのはごめん被《こうむ》りたいなあ。やっぱり骸骨さんをどうにかする方法を考えないと。最近読んだ小説の中では……アンデッドな方々は確か、光魔法とか火魔法とかが弱点、だっけ？」

あれ、ちょっと待てよ？

「魔術師プレイヤーは居ないんじゃなかったっけ、現状。え、これ本当に王都に来たらどうすれば？　森ごと火をつけ……さすがに駄目か。食料難に拍車をかけて、僕自身が食肉にされる運命が見える。うーん、光魔法はともかく、火魔法は松明で代用？　というかこの世界、神官とかそういう類いの人は居ないのかな。プレイヤーが倒せないなら、ＮＰＣにお願いすれば良いじゃない。Ｂy蓮華・デイチュワネット」

我ながら上手い事を言ってしまった。

「いや、神官は駄目だ。なんだか僕も浄化されそうで怖い。お近づきにはなりたくないな、精神的にドキドキするから。となると、とりあえず火魔法と光魔法を練習してみる……？　指先に炎は灯せたんだからなんとかなるはず。この次のステップとか聞いてないけど、なんかこう、気合いでどうにか！　でもここで火は怖いから光魔法にしよう……指先に集中して……眩しい感じを想像すれば良いのかな。お日様が指先にあるような……えっ、ちょっと待っ、目が！　目がああ！」

あまりの衝撃に森の中をごろごろと転げ回る僕。いやだって、そんないきなり成功するとは思わなかったんだもの。目が潰れるかと思ったよ。

「でもこれをどうやって攻撃用途にしろと……？　小説の描写では確か……光の槍とか光の矢とか

生み出してたんだっけな？　う……、どうやって指先から切り離して外部に向かって魔法を発動させるのか、さっぱり分からない。とりあえずこの目潰し攻撃を一旦さっきの骸骨さんに試してから考えよう。目潰し出来るような目が骸骨さんにないけど、眼窩《がんか》に指を突っ込んだら悶絶するかもしれないし」

正直なところ、恐怖が体中を支配していて正しい判断なのかは分からない。もしかしたら勝算は低いかもしれないなあ、などと考えながら再び森の奥へと引き返す。一応頭のどこかで、「ゲームだし死んでも王都で復活出来るだろう」とは思っている。……あれ？　今の僕はＮＰＣ扱いだけど、ちゃんと復活出来るのだろうか。もしかして死んだらこのまま骨密度が異常に高い骸骨にジョブチェンジなんて事は……。

幸いな事に一人でうろつく骸骨さんはすぐに見つかった。ぱっと見た感じ他の骸骨さんは見当たらないし、入り口に移動している途中ではぐれたのかな？　フレッシュな方は単純に追いつけなかったんだろうね、足も良い感じに腐り果ててたし。

そんな訳で、早速実験開始。他の骸骨さんと違って、彼？　は僕を見た途端にその辺に落ちていた木の棒を身構えた。おや、他の人より知能が高めなのだろうか。でも多分、森の中は湿気が凄いので木の棒もふやけているだろう。当たってもたいした威力はないはずだ。どちらかというと骸骨さんが掴みかかってくる事を警戒した方が良い気がする。あの骨密度じゃ多分振りほどけないし、たたき割るのも難しい。首なんか絞められた日には間違いなく昇天してしまう。

まずは挨拶がてら、骸骨さんの右手目がけて気合いの一閃。これで手首から先が落ちれば儲けものと思ったけれど、現実はやっぱり甘くなかった。うーん、硬いな本当に。

仕方がないので、剣で骸骨さんの左腕を牽制しつつ、左の人さし指に光を灯す。引き続き骸骨さんの右腕の動きは警戒しているけれど、先程の一閃が骨に響いているのか動きが鈍く、仕掛けてくる様子はない。

予想通り左腕の力は強く、長引くと押し負けそうなのでさくっと眼窩に人さし指もろとも光の玉を突っ込んでみた。これで駄目ならもうお手上げ。逃げきるかやられるか、二つに一つだ。うっ……、目玉はないはずなのになにか嫌な感覚が……。というか、筋肉もないのに力負けしそうなのがちょっと納得いきません。強みは骨密度だけにしてください。

なんとなく嫌がる素振りは見せているものの、制御を失って頽《くずお》れる、なんて事もなし。やっぱりただの光じゃ駄目なのかな？　ちなみに僕が骸骨さんの立場なら、間違いなく目玉が焼けただれていると思います。光って怖いよね。お日様みたいに暖かくて、皮膚全体がちりちりして。あれ、そう考えるとこの骸骨さんの方が吸血鬼《僕》よりも強い……？

気を取り直して、左人さし指にもっと魔力を込めてみよう。こう、人さし指の先端から、徐々に光の範囲が広がる感じで……。

あ、剣にひびが入ってきてる。骸骨さんの腕が剣よりも強いってなんか認めるの嫌なんだけど。これでも昔は刀一本で相手の骨まで断ち切った事もあるんですよ。いくら剣の質が違うからって、骨に負けるのはなんだか悔しい。

「食肉を確保出来ない上に剣まで折られたんじゃ完全に大赤字。ここは一つ、王都に情報だけでも持ち帰れるように、協力お願いしますよ骸骨さん……！　金の恨みは怖いんだってところを見せてあげます！」

いけ、僕の人さし指！　さっきから感じている不快感の中、更に奥へと抉るように人さし指を押し込める。正直、絵面的にも触感的にも最悪。でも、さっきより明らかに骸骨さんの抵抗が強くなっている。やっぱり目玉がないだけで、なんらかの器官が眼窩に存在するのかな？

「こう、なんか良い感じに弾けろおおおおおおおお」

必死になって指先から光が広がるイメージを捻り出す。そう、さっき僕の目がやられたような強い光をもっと広範囲に！　骸骨さんの頭が爆発したらさすがに活動を停止してくれると信じて！

僕の絶叫と気合いが功を奏したのか、パンッと軽い音と共に、骸骨さんの頭が跡形もなく消失した。否、その場に灰となって落ちている。念の為これもリュックに詰めておこう。見る人が見ればアンデッドの成れの果てと分かるかもしれないしね。

身体は……うん、ただの死体に見えそうな程度には、動きが落ち着いている。各部位の結合も、頭蓋骨が核となっていたのだろうか。目に見えて弱くなっており、比較的簡単にバラバラに出来るようになっていた。とりあえず、手持ちのロープでコンパクトに縛り上げて、っと。

時々腕がぴくぴく動いているのはご愛嬌という事で。

でも、残念な事に僕の剣もご臨終してしまったようだ。どうしよう、王都まで戻るにしてもさすがに丸腰は不安すぎる。

「腕を一本拝借したら……やっぱり亡くなった方に失礼かな。失礼だよね。でも貴方の骨密度は正直、魅力的なんだけど……」

あ、ロープから一本腕が抜け出てきた。え、貸してくれるの？　じゃあお言葉に甘えて王都までよろしくね、相棒。

ありがたい事に、長時間死闘を繰り広げていた為すっかり空は白み始めていた。丁度良い、このまま王都までさくっと戻る事にしよう。

考えてみれば、明るい所を連れ回したら僕の相棒はどうなるんだろう。骨密度が低くなってただの脆い骨になったら困るんだけど。僕の安全は今、君の手にかかっている！　腕だけに！

リュックの中は食材だらけ。この中に骸骨《相棒》さんの身体も入れるのはちょっと抵抗があるので、くくっていたロープの残りを使い、肩掛け仕様に。リュックの上に薪の要領で骨を担げば、これぞ現代の……いや、ファンタジー界の二宮金次郎。我ながら良いアイディアだと思う。まあ、絵面は最悪だろうけど。

森の異常の影響が早速出ているのか、帰りの道中は明らかに獣との遭遇率が下がっている。僕が余計な事をして森の奥に行ったせいで、街道に居た獣も危険を察知して避難し始めた感じだろうか？　どうしよう、また一歩食料難に拍車がかかってＮＰＣにもプレイヤーにも恨まれる予感しかしない。

あと、地味に街道ですれ違うＮＰＣやプレイヤーが皆僕を見るものだから落ち着かない。まあ背中に骨を背負っているだけでもおかしいのに、それがぴくぴく動いてたら注目されるのは納得だけれど。

いやそれとも、腰に差してる骨を武器にウサギを何羽か狩ってるからかもしれない。でもこれはほら、エリュウの代わりにせめてウサギくらいはジョンさんに渡さないと申し訳ないので……。

検問でも絶対なにか言われるんだろうなあ。本当、事前にジョンさんにお願いして一筆書いてもらって良かったよ。


「そこの君！　止まりなさい！」

検問に辿り着いた途端、門番に声をかけられました。まあここまでは予想通り。あとはジョンさんの手紙と僕の説明で、どうにか納得してくれたら良いのだけれど。

「うん？　君は一昨日《おととい》くらいにここを通った青年か。その背中と腰の物騒な物は一体なんなんだ……？　エリュウを狩りに行くと言っていた気がするが」

「はい、森にエリュウを狩りに行ったんですが、エリュウが一頭も見つからなくて。森の奥まで行った結果、骸骨さんとフレッ……えーと、ゾンビさんがたくさんいらっしゃいました。『急ぎ戻って報告を』とは思ったのですが、証拠がないと取り合ってもらえないかと思いとりあえず一人捕獲してきた感じですね」

「なんだって⁉　森でそんな事が……？　それで、腰に腕を差してるのは？」

「あ、骸骨さんの相手をしてたら僕の武器が壊れてしまったので武器の代わりになってもらってます。大丈夫です、本人にはちゃんと許可を取りましたので！」

「……」

門番含め周りの人皆の視線がなんとも言えない感じになってるのは気のせいだろう。気にしたら負け、だって現実問題武器がなかったら帰って来られなかったんだからね！　僕は使えるものはなんでも使っていくし、状況如何によっては撤退も視野に入れる主義です。武士の不文律なんて知りません。そもそもこの世界には存在していないだろうしね。

「まあとりあえず身元ははっきりしてるし、入って良いぞ。悪いがエリュウの涙亭に行く前に冒険者ギルドに直行してくれ。そのなりで王都の中をうろつかれたら困る。スケルトンなんて滅多に目にしないからな、すぐに信じてもらえるだろう」

「承知しました。えっと……冒険者ギルドの場所を知らないので、教えていただけると……」

「おお、そうか。君は冒険者じゃないのか。それだけの腕があるのに勿体ないが……なにか理由があるなら仕方がない」

いいえ、単純にクエストが発生しないだけで特に理由とかはないです。お金が稼げるのであれば冒険者でもなんでもなりますよ？　とは思うものの、口に出しては言わず、曖昧に頷いておく。

「ほら、これが冒険者ギルドへの道順だ。分からなかったら誰かに聞けば教えてくれるだろう」

「ありがとうございます！」

思ったよりもスムーズに検問を通過して王都の中へと入る事が出来た。背中と腰に色んな人からの視線を感じるけれど気にせず、門番から貰った簡易地図を頼りに冒険者ギルドを目指す。

五分程度歩いた所でプレイヤーの出入りが激しく「絶対これだろうな」という建物が見えてきた。

なるほど、冒険者ギルドだから門から比較的近い位置にあるのかな。とりあえず玄関を開けて中へと入ってみる。

伝手《つて》がある訳でもないし、誰に報告すれば良いのか分からない。入って正面、受付と思しき所で聞いてみよう。

「いらっしゃいませー、冒険者ギルドへようこそ！　ご依頼……ではないですよね？」

にこやかな笑顔で迎えてくれた女性の顔が、僕の背後と腰を見た瞬間にちょっと真顔に戻ったのはショックだ。ええ、冒険者ギルドってこういうの見慣れてるんじゃないの？

「あ、えっと……東門から出た所にある森にエリュウを狩りに行ったんですけど……肝心のエリュウは見つからず、奥の方にこの方々がうようよ居たので報告に来たんですが」

「え、森ってここから数日の森ですよね!?　しょ、少々お待ちいただけますか？　マスターへと話して参りますので」

「あ、はい」

ばたばたと慌てたように走り去っていく受付の女性。でも僕はそれよりもさっきから気になる事がある。なんか……注目されるのはここまでの道中で慣れてしまったけれど、それとはまた違う雰囲気なのだ。「ほら、例の掲示板の……」とか「あの配信の……」なんて単語がちらほら聞こえるけれど、一体なんの話だろう？

「お待たせいたしました、ギルドマスターのダニエル・デル・クローデルです。なんでも、森の異変についての情報があるとか」

応接間のような場所に通されて緊張している僕を気遣ってか、それとも彼の性格によるものか。とにかくダニエルさんは柔らかい物腰で対応してくれた。

「あ、はい。この子なんですけど……。エリュウが全く見つからない代わりに、この子を含めた骸骨さんとゾンビさんがたくさん居まして。とりあえず証拠がないと話にならないかな、と思って生け捕り？　にしてきました」

「そう、ですか……ええと、参考までにお聞きしたいのですが、このスケルトンはどうしてまだ動いているのでしょう？」

「あ、実は骸骨さんの倒し方が分からなくて……何度か剣を打ち付けてみたのですが剣の方がダメージを受けているみたいで、どうしようかと思いまして。それで、アンデッドであれば光魔法や火魔法に弱いのでは？　という安易な理由で試してみました。恥ずかしながら魔法をまともに使う事が出来ず、どうにかこうにか頭だけ光魔法で消滅させた結果こうなりました。あ、こちらが頭部の灰になります。その……、普通の骸骨さんは倒したあとは動かなくなるのでしょうか？」

「そうですね。普通は跡形もなく燃やし尽くして灰にするか、神聖魔法で死霊を祓い、ただの遺骨に戻してしまうかの二択でしょう。スケルトンは暗闇を好みますから光魔法を嫌がります。ですが本来は追い払うだけで、特に有効な攻撃ではないはずです。魔法はどの程度のものを、どのように使ったのでしょうか？」

「魔法と呼ぶのもおこがましいレベルです。まだ体内の魔力を感知して指先に炎を灯す事しか出来ないレベルだったので、指先の炎をそのまま無理やり実戦で光に置き換えただけで。骸骨さんの体のどこが弱点なのかも分からず、とりあえずひたすら眼窩を光で抉り続けたらパンッと音がして灰だけが残りました」

僕の説明にダニエルさんは頷きながら、時折なにかを紙に書いている。ダニエルさんの話から改めて僕のやり方で骸骨さんを無力化出来たのは奇跡的な事だったのだと分かり、今更ながら肝が冷えた。

下手をするとあの場で僕は死んでいたかもしれないし、NPCという事で死に戻りも適用されなかったかもしれない。どうにもならず篠原さんに会う前にキャラクターデリートをする羽目になっていたらと思うとぞっとする。今からキャラクターデリートをしたら確実に待ち合わせには間に合わない。我ながらなんと恐ろしい無茶をしたのだろう。

「とりあえず状況は分かりました。実は貴方の前にも同じ事を報告しに来た冒険者が居ましてね。もっとも、彼の場合は証拠となるものがなにもなかったのでそのまま帰したのですが……。あの森はここからそれなりに近いですし、厳戒態勢を敷く手配をしておきます。それにしても、エリュウの生息地がそんな恐ろしい事になっていたとは。食材調達の依頼から外れていたのは不幸中の幸いでした」

「何故外されていたのですか？　レストランなどもお困りのようだと聞いたのですが」

エリュウの生息地ならば、依頼に含めていた方が食料難が軽減されるのでは？　と言外に僕は問いかけてみた。

「高ランクのベテラン方は基本的に緊急性の高い討伐依頼や護衛依頼を受けてもらっていますから、食材調達に関しては新人でも行けるよう、比較的安全なフィールドランクに絞っていたのです。森はエリュウが多いので確かに肉の調達という意味では魅力的ですが、彼らは群れで行動をしますし他にも多くの肉食獣が生息しています。ですからフィールドランクは高めのCなのです。あ、ちなみに冒険者ランクはGから始まります。勿論技量によってスタートランクは人それぞれですが、ここ最近冒険者登録をした方々は皆さんほとんどGスタートですから……」

道理で他のプレイヤーが全然森に居なかったはずである。ゲームのサービス開始が二ヶ月近く前と考えると、Gスタート——現実世界での武術未経験者——のプレイヤーがCに至る事はないのだろう。

「ちなみにスケルトンは動きこそ遅く単調なものの、物理攻撃が効かず自己再生もする為、Cランク相当とされています。倒せた貴方はかなりの実力の持ち主だと判断しました。魔術師であればそう苦労もしないかもしれませんが、そうではないようですし」

にこにこと笑顔で言いながら、「ちょっと失礼」と僕が持ち込んだ骸骨さんの状態を確かめ始めるダニエルさん。

「光魔法とおっしゃっていましたが、どうやら微かに神聖魔法の気配を感じます。でも微かですからスケルトン本体を浄化するに至らず、中途半端に頭だけが灰になったのかもしれません」

「神聖魔法ですか？　僕は光魔法をイメージしたつもりですし、特にどこかの神様を信仰している訳でもなく、祈りを捧げた事もありませんが？」

「神聖魔法とは光属性と水属性を合わせた、言わば複合魔法ですが、初心者の方は意図しない結果になる事が多いようですね。私はあまり魔法に詳しくはありませんが、強く願うと成功しやすいと聞いた事はあります。スケルトンを攻撃する際に、なにか強く願いませんでしたか？」

「強く……ですか。手持ちの武器が限界寸前になってしまって……、エリュウも狩れずに大赤字だと考えたら怒りが湧いてきたので『金の恨み』的な事を叫んだような」

ダニエルさんは一瞬キョトンとした顔をしてから、肩を震わせて笑い始めた。

「ふっ、ははは、金の恨みですか！　どうせ剣が限界ならせめて道連れに、という考え方ですね。それは確かに強い動機かもしれません。では、腰に一本だけスケルトンの腕を差しているのは剣の代わりですか？　先ほどから気になっていまして」

「はい。結局剣は粉々に砕けてしまったので王都に戻ってくるまでの間、お借りしてました。さすがに丸腰は不安でしたし、剣に勝つほど骨密度が高いのは実証済みでしたから。あ、もちろん本人には了承を取りましたので安心してください」

僕の言葉に呼応するように、腰に差していた腕が器用にサムズアップをするものだからダニエルさんは完全に噴き出してしまった。

「本人の了承って！　本当にスケルトンが合意の上で使われているなんて聞いた事ありませんよ。でもまあ、本人の許可が下りているのであればそのままで良いと思います。こちらとしても、このスケルトンがなんらかの手掛かりになるかもしれませんので強制浄化という選択肢はとりたくありません。監視も兼ねて傍で使ってくだされば大変助かります。……さて、聞きたい事は一通り聞けましたし……僕はこの件の対処に当たります。念の為、王都での滞在先をお聞きしても？」

「エリュウの涙亭でお世話になっています」

「おや？　あそこはレストランだけで宿はやっていなかったと記憶していますが……。またなにかあったらお呼び立てするかもしれませんが、特に行動などを制限するつもりはありませんのでご自由にどうぞ。それとこれはただのお願いですが、是非とも我が冒険者ギルドに登録していただければと思います。貴方の強さなら即戦力になりますので」

ダニエルさんの申し出に僕は曖昧に頷いて退出した。

お金を稼がないといけないし、武器も買い直さないといけないので今すぐ登録しておきたい。けれどダニエルさんの話では、高ランクのベテラン冒険者は緊急性の高い討伐依頼が来るらしいし、「高ランクとはいえ、ベテラン扱いじゃないから最初は肩慣らし程度の依頼が来る」と楽観視したとしても、NPCの僕の死亡がどういう扱いなのか不明な今、依頼を受ける気には全くなれない……。

「とりあえず話だけ先に聞いてみようかな」と受付カウンターに向かったら、冒険者の手引きと書かれたパンフレットを手渡された。なるほど、いちいち口頭で説明を受けるよりも効率的で良いね。ジョンさんもそろそろ心配しているだろうし、エリュウの涙亭に戻ってからじっくり読むとしよう。

「という訳で、エリュウを持ち帰る事が出来ず……代わりというのもなんですが、ウサギを何羽か狩ってきました」

結局エリュウは持ち帰れなかったという僕の報告にもかかわらず、ジョンさんは嫌な顔ひとつせずに僕を迎え入れてくれた。

「なに、エリュウよりも君の命の方が大事だ。エリュウの事は気にしなくて良い。それにしてもまさか森がそんな状態とは……。いよいよ食料難に拍車がかかるだろうな。まあ考えていても仕方がない、君は疲れただろうから休んでくれ。いつでも食べられるように食事は用意しておくから」

眠りはせずとも疲れはするので、ジョンさんの言葉に甘えて僕は部屋で休む事に。ジョンさんが用意してくれた食事を食べながらギルドで貰ったパンフレットを読む。特段変な事は書かれていないけれど、知りたい事も書かれていない。例えばギルドとは別に魔術師に弟子入りしても良いのか、ギルドの依頼以外に個人的に仕事を受けても良いのか。この辺りは次回冒険者ギルドに顔を出した際に聞くしかないだろう。

読み終わる頃には丁度六時間の強制排出時間が迫っていた。洋士や運営側との約束時間を考えるとこのままログインし直せるかは怪しい。念の為、またしばらく居ないかもしれない旨をジョンさんに伝えてからログアウトした。

扉が開いたコクーンから顔を出し、時刻を確認すると午前二時半を少し越えた所。今からログインすると次のログアウトは午前八時半……運営側との時間を考えれば間に合いそうだけど、洋士がいつ来るかは分からない。それにお客様が来るなら色々と準備は必要だよね。やっぱり今回はここまでにしておこう。

【総合雑談】ＧｏＷについて熱く語る【暴言禁止】

雑談スレッドです。特にジャンル縛りはないので、ご自由に。
荒らし・暴言禁止です。
※運営側も時々確認しています。発言には気を付けましょう。

1【名無しの一般人@シヴェフ王国民】
あ、これ自分が所属する勢力で@以降が変わる感じか。ゲームとリンクしてるから詐称出来なくて良いね。

2【名無しの一般人@レガート帝国民】
むしろまだどこ行っても旅人扱いされてんのに帝国民とか書かれてることに困惑するんだが??

3【名無しの一般人@アルディ公国民】
そんなことより、デフォルトで配信オンってなんだよ。気付いて無くて見知らぬ人に天の声みたいな忠告受けて超ビビったんだが。

4【名無しの一般人@シヴェフ王国民】
>>3　それな。配信見てる人？が話し掛けてきたんだけど、夜の森にいたから幽霊かと思って全力で逃げだしたわ。

5【名無しの一般人@カラヌイ帝国民】
>>3　>>4　ちゃんとチュートリアルに目を通そうな。
デフォルト配信オンになってるから嫌なら自分で切ってね！って出てるだろ。

◇

10【名無しの一般人@アルディ公国民】
大々的に宣伝してたからとりあえず始めてみたけどクソゲーオブクソゲー過ぎて無理。
なんだよ現実の能力が反映されるって。

ここはともかく外部の掲示板じゃぼろくそ言われてるしサ終するんじゃね？
俺は一足先に抜けるわ。

11【名無しの一般人＠カラヌイ帝国民】
ゲームに求めてるのは俺ＴＵＥＥＥＥって爽快感であって現実の自分の悲惨な能力値じゃねーっていうのは賛同できるが。冷静に考えたら俺ＴＵＥＥＥＥしたところでプロゲーマーにでもならん限り現実の自分は惨めなままだけど、このゲームならやり続ければ現実の自分の能力値も上がる。
そう考えたら悪くねー気がするんだけどなあ。

12【名無しの一般人＠シヴェフ王国民】
お前ら異世界転生好きだろ？
「いつか自分も……！」とか思ってる奴は絶対一定数居ると思うけど。
現実的に考えたらチート能力が手に入らない可能性の方が絶対高いって。
予行演習だと思ってこのゲームで頑張ってみようぜ。

13【名無しの一般人＠レガート帝国民】
現実的に考えるなら異世界転生そのものがあり得ないんだよなあ……。

◇

25【名無しの一般人＠アルディ公国民】
皆、悪い事言わないからＭＯＢを殴る時はじっと見つめて脳内で「鑑定」と念じてからにするんだ、お兄さんとの約束だ。

26【名無しの一般人＠レガート帝国民】
お兄さん、そのアドバイス一日早く欲しかったわ……。

30【名無しの一般人＠シヴェフ王国民】
くっそ、そういうことか！　ただのウサギだと思った奴がＮＭ《ネームドモンスター》でフルボッコにされたわ。
見た目全然違わねーのな、他のウサギと。

31【名無しの一般人@カラヌイ帝国民】
鑑定しても「？？？」しか表示されないんだけどどうやって見分けつけるんだ？

32【名無しの一般人@アルディ公国民】
>>31　「？？？」がＮＭなんだよなあ……。ウサギは「ウサギ」って出るんやで。
もう殴っちゃったかな？南無……。

◇

78【名無しの一般人@シヴェフ王国民】
熟練度ってすっごい精度が高いよな。
これだけの情報がＶＲ機器経由で抜き取られてると思うとぞっとする。
個人情報ダダ漏れ過ぎて悪用とかされたら終わりじゃない？

79【名無しの一般人@アルディ公国民】
勿論その心配はあるけど、プレイ開始前の利用規約とプライバシーポリシーに「ゲーム内でのプレイヤーステータスを決定する為以外には使用しない」って記載があるよね。それでも不安ならプレイするのやめた方が良い。

80【名無しの一般人@カラヌイ帝国民】
というか熟練度が見れてるって事はもうプレイ開始してるんだよな？利用規約読まずに同意してるんか……？
それとも利用規約読んだ上で不安視してるだけか？まあどっちにせよ不安なら>>79の言うとおりやめといた方が良い。

◇

980【名無しの一般人@カラヌイ帝国民】
熟練度の取得情報全然出てないから、配信動画眺めてたらやばいの見付けたんだけど。[リンク]

983【名無しの一般人@シヴェフ王国民】
>>980　うちの王国スタートじゃーん、って言おうと思ったけど、何か

おかしくね？
クエストどこいったｗ
他のプレイヤーの上に謎のアイコンもあるし……何だこの緑？

989【名無しの一般人＠アルディ公国民】
>>980　システムメニュー開けないとか、ログアウト出来ないやん。
何十年か前の名作デスゲーム小説かな？？？　なんで配信主気にしてないのｗ

993【名無しの一般人＠シヴェフ王国民】
>>980　配信主「システムメニューとやらが開かないなぁ……まあいっか」は草。
ゲーム初心者か？六時間おきの強制排出でしかログアウト出来てないけど、大丈夫？
てか、インベントリすら開けないの？ナチュラルにリュック背負ってて環境適応能力が高すぎるｗ
クエスト受けてないから報酬ないし、基本道具も全部自腹購入なんだな　。別ゲ　過ぎる。

994【名無しの一般人＠カラヌイ帝国民】
>>980　とりあえず、バグかチートかやらせか分かんないけど、運営には報告しといた。
ＮＰＣとこんなに仲良くなれるってのは参考になったけど……。
熟練度色々高そうなのに聞けないのがもどかしいな。

【配信雑談】配信について語り合う

配信雑談スレッドです。配信関連であればご自由に。
同じ配信者に関する話題が続くようでしたら、別途個別スレッドも検討しましょう。
荒らし・暴言、動画の無断転載は禁止です。
※運営側も時々確認しています。発言には気を付けましょう。

1 **【配信者に憧れる一般視聴者】**
別に配信者になりたくねぇｗ
なんだこのデフォ名はｗ

2 **【配信者に憧れる一般視聴者】**
>>1　そう言いつつ内に秘めたる想いが爆発しそうなプレイヤーが、はじめの一歩を踏み出す勇気を与えてくれるんだよ、デフォルト配信オンはよぉ……（白目

3 **【配信者に憧れる一般視聴者】**
>>2　ま、まさか運営はそんなバファ●ンみたいな優しさからオンにしてると……？
配信されてると思わなくて大声で歌の練習してた俺氏、とんだ羞恥プレイだったんだが。

4 **【配信者に憧れる一般視聴者】**
>>3　なんで歌ったんだよｗ

5 **【配信者に憧れる一般視聴者】**
>>4　現実世界の家じゃ壁薄くて歌えねーからだよ！！

◇

273 **【配信者に憧れる一般視聴者】**
おにゃのこがのんびりプレイしてるの見てると癒やされる

274【配信者に憧れる一般視聴者】

>>273　お前、それ配信してること気付いてる子だよな？
初心者の事故配信を覗き見プレイしてるとかじゃないよな？

275【配信者に憧れる一般視聴者】

そもそもサービス開始二ヶ月位だぞ？　事故配信者まだ居るか？　流石に絶対気付くだろｗ
事前情報とかチュートリアルもそうだけど、アプデで「配信オンになってるけど気付いてる？」みたいなとんでもなくうざったい警告が出るようになったし。

276【配信者に憧れる一般視聴者】

>>275　あれな。よっぽどデフォルト配信オンについてのクレームが来たんだろ、機能系のチュートリアル飛ばす奴多いし。
まあでも俺は運営の気持ちが分かる……。開発資金回収する為にはなるべく配信者は多いに越したことはないからな。宣伝って意味でも、投げ銭手数料って意味でも。

277【配信者に憧れる一般視聴者】

>>276　自分で配信をオンにする勇気は無いのに、デフォルトで配信がオンになってると「まあいっか！」でそのまま配信しちゃうよな。不思議。

278【配信者に憧れる一般視聴者】

>>275　そう思うだろ??そんなあなたに　[リンク]

281【配信者に憧れる一般視聴者】

>>278　は？　なにこいつｗ　全部おかしいぞ……誰か教えてやれよｗ

283【配信者に憧れる一般視聴者】

>>281　俺この間配信中に声かけたけど、その人聞こえてないっぽい。
多分システムメニューが開けないのとも関連ありそう。

285【配信者に憧れる一般視聴者】

>>278　その人と同じタイミングで始めたからこっそり様子見てたんだけど、なんか変だった。
頭上にプレイヤー名が表示されてないし、鑑定しても「ＮＰＣ」としか表示されなかった。怖くて逃げたわｗ

290【配信者に憧れる一般視聴者】

そもそもＮＰＣに睡眠強制されるってのが聞いたことない。俺も別の地域でＮＰＣと夜営したけど、特に触れられなかった。多分プレイヤーは時間の感覚が違うから、口出しされないシステムだと思うんだけど。
>>285 の言うとおりＮＰＣ扱いだからかもな……いや、プレイヤーなのにＮＰＣってどういう事？ｗ　バグ？

291【配信者に憧れる一般視聴者】

>>290　彼の配信画面にＵＩらしきものが一切無いのに、唯一プレイヤーキャラクターっぽい人の頭上に緑のアイコンっぽいものが浮かんでるのが気になる。俺等が見てる画面にはそんな表示はないし、もしかして普通のＮＰＣはこれでＮＰＣとプレイヤーの区別をしてるんじゃないか？
んで、緑のアイコンが浮かんでる方（プレイヤー）には睡眠強制しないようになってるとか。

◇

301【配信者に憧れる一般視聴者】

>>278「血液が体中を駆け巡っている、あの何とも言えない感覚」って何？　この人、人外か何かなの？ｗ　そんなのわかったら苦労しねーよｗ

302【配信者に憧れる一般視聴者】

お前等バグプレイヤー？だかＮＰＣプレイヤー？だかの話題多杉。個スレ立てろよ。

【総合雑談】ＧｏＷについて熱く語る２【暴言禁止】

雑談スレッドです。特にジャンル縛りはないので、ご自由に。
荒らし・暴言禁止です。
※運営側も時々確認しています。発言には気を付けましょう。

63 **【名無しの一般人@シヴェフ王国民】**
どこもかしこも泊まれないから急いで王都まで来て、やっと宿確保。
けど料理の方が質素すぎる。なんか食材が無いとか……。
「最近旅人が多くて供給が追いつかないんですよ」だって。これ何かのイベント系か？

64 **【名無しの一般人@カラヌイ帝国民】**
>>63　そっちもか。こっちの帝都も似たような感じ。もしかして：運営の設計ミス。

65 **【名無しの一般人@アルディ公国】**
>>64　それはさすがにないだろｗ　もしかして各国同時にイベント来ちゃう？　来ちゃう？

66 **【名無しの一般人@シヴェフ王国民】**
だとしたら早急にクエスト進めて王都なり首都なりにいかないとって感じか？
まあリリース後二ヶ月近いし、最近始めた奴以外は辿り着いてるか。むしろ先に進んでるやつもいるのか？

68 **【名無しの一般人@レガート帝国】**
>>66　サービス開始直後から爆速で進めたけど、帝都で足留め食らってる。
なんかクエストが無限ループしてる感じ？とにかく帝都から離れられてはいない。
もしかしたら>>63の言うイベント説ワンチャンあるかもな。

153【名無しの一般人@シヴェフ王国民】
えっ王都クエストって何w

154【名無しの一般人@シヴェフ王国民】
食料難打開のイベントクエか？

155【名無しの一般人@レガート帝国民】
まじかよ、こっちはそんな告知出てねーぞ……。なんかトリガーみたいなのあったん？

156【名無しの一般人@アルディ公国民】
>>155　多分これじゃないかなーって思われる配信動画がこちら。[リンク]
こっちは食料難に関しては魚があるからどうにかなってる。
それより最近公都で伝染病？みたいなのが流行りだしてるから、そっち系にトリガーがあるんじゃないかって考えてる。各国違うかも。

161【名無しの一般人@レガート帝国民】
>>156　情報さんくす。そういやアルディに居る友人が、資金が底をついたから自力で魚釣りに行ったけど、釣れなかったとか言ってたな。
なんか川の色がおかしいっつってたけど？　魚出回ってるの？

162【名無しの一般人@アルディ公国民】
>>161　今俺らが食べてる魚はどこから……。

163【名無しの一般人@カラヌイ帝国民】
>>162　突然の怖い話に草と鳥肌が止まらない。
それ魚が原因で伝染病になってんじゃないの？　魚とか納品してる人物？を調べようぜ。
こっちは何だろうなあ。今の所食料難くらいだし……ギルド依頼の食肉確保は普通に達成してるけど、進展が無い。

165【名無しの一般人@シヴェフ王国民】

>>163　そもそもこっちは、ギルドで依頼された食肉確保が出来てない。指定された狩り場は異常が発生してて肉になる予定の奴らが見つからない。そっちの依頼が成功してるってんなら、>>156の言うとおりトリガーは別かも？

◇

171【名無しの一般人@アルディ公国民】

悲報：伝染病の被害者、アンデッドとして蘇生する。
朗報：「告知：アルディ公国で公都クエスト発生条件の一部を満たしました。」の表示が出る。

173【名無しの一般人@レガート帝国民】

>>171　これが本当の死者（として）蘇生……。
でも一部なんだな。残りはやっぱり魚の調査か？

175【名無しの一般人@アルディ公国民】

>>173　誰うまｗｗｗ　そうかもしれない。調べてみる。

◇

184【名無しの一般人@シヴェフ王国民】

>>156の動画のアンデッドが近日中に街道に出て来るなら、戦闘に発展とかしそうだけど……。
現状、バフ料理とか高性能ＰＯＴって存在してんの？
ないなら俺、装備的に死ぬ自信しかないんだけど。
魔術師居ないならヒールとかアンデッドに効きそうな光とか火魔法とかも無いよな？

185【名無しの一般人@シヴェフ王国民】

>>184　多分バフ料理はまだない。少なくともオークションで見たことはない。
魔術師は現状多分>>156の動画配信主が一番熟練度高いんじゃないか。
うまくいけば火魔法習得出来そう。ＰＯＴは分からん。

189【名無しの一般人@カラヌイ帝国民】
>>185　森の中で目つぶって火魔法ぶっ放したら火事になっちゃうんで、その配信者にはまずアンデッドへの苦手意識克服してもろて。

◇

193【名無しの一般人@シヴェフ王国民】
マジレスすると「告知：シヴェフ王国で王都クエスト発生条件を満たしました。」だから。
まだクエスト自体は発生してないらしいしそんな急がんでもいいんじゃね。
あとはきっと王都で戦うことになるんだろうし……目をつぶって戦うのはやめましょう。周りの人も危険です。

194【名無しの一般人@カラヌイ帝国民】
>>193　何したらクエスト発生するのかはこちらとしても気になる所。
しかし、アンデッドってそんな怖いか？ｗ

195【名無しの一般人@シヴェフ王国民】
>>194　普通に考えたら王都で誰かに報告することだろ。
卑怯を承知でギルドでそれとなく話してみたけど「証拠が無いから信憑性に欠ける」って言われたわ。冒険者ランクが高いか、証拠の品（アンデッドの死体とか……？）が無いとダメらしい。
>>194　歌を歌う程度には怖かったんだろ。
てか一人で森歩いてて骸骨は普通にびびる。

王都にわらわら来たら怖くないとは思うけど。


196【名無しの一般人@カラヌイ帝国民】
>>195　しれっと卑怯で笑ったわｗｗｗ
じゃあ今の所動画の配信主が報告しに王都に戻らないと進まないって感じかね。

まあ、シヴェフの状況は今後も実況してほしいな。

こっちはとりあえずトリガーっぽい何かを手当たり次第に探してみる。

シヴェフといい、アルディといい、話を聞いてる感じでは今回のイベントは全部アンデッドが関連ありそうな感じがするよね。

197【名無しの一般人@シヴェフ王国民】
アルディはＮＰＣだけで、プレイヤーはアンデッドにはならないのか……？
同じ魚食べたならアンデッドはともかくなんかしらのデバフくらい食らいそうなものだが。

【個スレ】名前も呼べないあの人【ＵＩどこぉ】


名前を呼びたくても呼べない、あの人に関する話題です。

なんでＮＰＣすら名前呼ばないの？　怖いんだけど。
※運営側も確認してあげてください。何だかおかしいです。

1 **【闇の魔術を防衛する一般視聴者】**
というわけで個スレ立てました。

なお、配信者の名前は全アーカイブをさらっても不明だったので、こうなりました。

デフォルトネームに俺は関知してないぞ。運営なのかＡＩなのか、アソビゴコロガアリマスネ。

スレタイで誰の配信か分からない人はこちら　［リンク］

2 **【闇の魔術を防衛する一般視聴者】**
>>1　スレ立ておつおつ。

3 **【闇の魔術を防衛する一般視聴者】**
>>1　そんな馬鹿なと思って俺も全アーカイブ確認したけど、まじで名前が分からんかった。
ええ？　ＮＰＣ相手にあんだけ会話しといて名乗ってないのまじなんなんｗｗｗ

4 **【闇の魔術を防衛する一般視聴者】**
>>3　それな。もうすぐ王都に着くわけですが。
初期町から離れても名前分からんとか前代未聞過ぎる。

5 **【闇の魔術を防衛する一般視聴者】**
あんだけ料理に命かけてる人なのに道中ほぼ保存食なの不憫で笑える。

6 **【闇の魔術を防衛する一般視聴者】**
>>5　不憫なら笑ってやるなよ……

7【闇の魔術を防衛する一般視聴者】
てか、この人王都行ってどうすんの？
メインクエ受けてないんでしょ？
直るまで初期町動かない方が良かったのでは。

8【闇の魔術を防衛する一般視聴者】
>>7　誰かと待ち合わせしてるらしいし、移動しないわけにはいかんのだろーよ。
だがこのゲーム、宿なり家なりで定期的に寝ないとデバフは食らうわ、視界が持ってかれるわで散々だから、王都で宿探すじゃろ？　金はどうするつもりなんだ？

9【闇の魔術を防衛する一般視聴者】
あっ……（察し
初期軍資金なんて受け取れてないですよねー。
インベントリもシステムメニューも開けないし。
クエ報酬で金も貰ってないし詰んだのでは。

10【闇の魔術を防衛する一般視聴者】
>>8　すまん、視界が持ってかれるって何？

11【闇の魔術を防衛する一般視聴者】
>>10　寝不足扱いで強制的にうたたねしだす。
文字通り勝手に目を瞑るから何も出来ない。狩り中とかだとまじで詰む。

12【闇の魔術を防衛する一般視聴者】
なあ、でも王都までの道中でうたたねしてないっぽいし、これ別に王都で宿とらなくても道具さえ買えば野宿いけるんでは？

13【闇の魔術を防衛する一般視聴者】
確かに。でも多分本人は気付いてないんじゃないか？　多分ちょいちょい現実で攻略ぐぐって情報得てるっぽいから、睡眠必須なのは流石に知ってると思うけど。

野宿でも良いってのはこれが初出な気がする。
普通は初期町からクエスト受けながら町から町へ移動してるし。
こんな一直線に街道突っ切ってるプレイヤー多分居ない。

14【闇の魔術を防衛する一般視聴者】
あれっ……配信中断されたんだけど何事……？
本人が操作する以外で配信中断されるってどういう状況？

15【闇の魔術を防衛する一般視聴者】
まだ他のプレイヤーに開示したくない情報が出た時だな。
タイミング的に世界地図か何か見せてもらったんじゃないのか？
地図系は自分で解放しろって事かもな。

◇

20【闇の魔術を防衛する一般視聴者】
速報　名前も呼べないあの人の名前、判明。蓮華さんと言うらしい。
なお、不具合でＮＰＣ扱いとなっていた為にシステムメニューなどが使えなかった模様。

21【闇の魔術を防衛する一般視聴者】
んじゃＮＰＣとこんだけ仲良くなれたのは、ＮＰＣ同士の関係だったからなんだろうか。
どうでもいいけどフェリシアちゃん可愛いな。ＧＭと言わずＮＰＣで出してくれ。この顔なら力ずくで仲良くなるわ。

22【闇の魔術を防衛する一般視聴者】
少なくとも俺はこの動画を見るまでＮＰＣと交流しようなんて考えた事なかったからな。
物買って終わり、クエスト報告して終わり。
配信主みたいにちゃんと人として接すれば好感度的なものがあがってうまくいくのかもしれん。
>>21 は仲良くする前に牢屋に入ってそう。

23【闇の魔術を防衛する一般視聴者】

すげえな、この人みたいにＮＰＣと仲良くなれたら、宿屋以外でも泊まれるんかな。
拠点にしようと思ってる町の宿屋が満員で詰んでるんだけど。

24【闇の魔術を防衛する一般視聴者】

>>23　それな。俺も宿無くてデバフってる。強制視界遮断まであとわずか。正直、遠方に行く夜営時ならともかく、町なかならデバフカウント停止措置とかないとまともに過ごせないんだが。

25【闇の魔術を防衛する一般視聴者】

>>21が移動時どんな夜営してんのか知らんが、>>12と>>13みろ。
道具さえあれば野宿でも睡眠扱いになるぞ。俺も試したが上手くいった。
町なかカウント停止は賛成だが。

26【闇の魔術を防衛する一般視聴者】

>>25　まじかよさんきゅ。

27【闇の魔術を防衛する一般視聴者】

お、めずらしく十二時間以上ログインしてない配信主。運営と連絡とってんのかな。まあ不具合直してからログインしたいだろうしそりゃそうか。

◇

32【闇の魔術を防衛する一般視聴者】

フェリシアちゃん、まさかの貴族！
え、てことは王都行けば会える？会える？

33【闇の魔術を防衛する一般視聴者】

そして>>32は牢屋へと入ることになったのだった……

34【闇の魔術を防衛する一般視聴者】

草ｗ　まあそのテンションで行けば間違い無くなんかやらかしてつかまる。

35【闇の魔術を防衛する一般視聴者】
ＧＭが貴族令嬢ってあれかな？　なんか行動して意図的にイベント起こしたりするんかな。
それとも単純に普段はＮＰＣだけど、ＧＭがログインする時だけ身体借りてるだけとか？

36【闇の魔術を防衛する一般視聴者】
現状、シヴェフの王都目指すならキャラデリしてシヴェフで作り直した方が早いまである。
こっから自力で他国に行ける気がしない。クエストが帝都から進まない。
他んとこはどうなん？

37【闇の魔術を防衛する一般視聴者】
クエストが王都から進んでないから分からん。単に長いだけなのかもしれないし……。

38【闇の魔術を防衛する一般視聴者】
何かの制限かかっててそれぞれの都で足留め食らう感じじゃない？

39【闇の魔術を防衛する一般視聴者】
足留め食らってんのに食料不足？　詰むじゃん。

40【闇の魔術を防衛する一般視聴者】
肉持ってくる代わりに宿代タダとか裏山死ぬんだけど。
フェリシアちゃんのこと含め、なんなんですか、このラッキー野郎は。

41【闇の魔術を防衛する一般視聴者】
コクーンが壊れてててシステムメニューすら開けないアンラッキー野郎です。
ログアウトが自由に出来ない段階で不幸すぎるから僻まないであげて？

42【闇の魔術を防衛する一般視聴者】
そんなことよりお前ら……この人いつ寝てんの？
アーカイブの日付的に絶対ぶっ通しプレイしてるよね？そろそろ死ぬので

は？

43【闇の魔術を防衛する一般視聴者】
え、えー……ほら、大抵ログアウトして一時間くらいはインしてないから……（震え声

44【闇の魔術を防衛する一般視聴者】
ショートスリーパーここに極まるｗｗｗｗｗｗｗ
一時間の仮眠でぶっ通しって可能なのか？　薬でもやっｔ（ｒｙ

◇

55【闇の魔術を防衛する一般視聴者】
総合スレでイベント来るかもって言ってたやつこれか。
ほーん、ギルドに依頼が殺到しすぎて肉の供給間に合ってないのね。
フェリシアちゃん可愛いとか言ってる場合じゃ無かったわ。

56【闇の魔術を防衛する一般視聴者】
>>55　てか依頼もほとんど成功してない。なんかどこも、指定された狩り場がおかしいとかなんとか。

57【闇の魔術を防衛する一般視聴者】
>>56　何それｋｗｓｋ

58【闇の魔術を防衛する一般視聴者】
>>57　いや、俺も未だ詳しくは知らん。王都辿り着いたばっかで冒険者登録云々みたいなクエストまでいってないんだ。
けどなんか擦れ違ったプレイヤーが話してる内容的には、依頼受けて狩り場へ行ったけど狩り対象が見つからないとか。
それがイベントの前触れなのか、システム的なバグなのか、単純に探し方が下手なのかは知らん。

59【闇の魔術を防衛する一般視聴者】
えー、なんかこの間食べた料理が今日はめっちゃ値上がりしてたんだけど、

それが原因か？

60【闇の魔術を防衛する一般視聴者】
こっちも食堂つきの宿に泊まろうと思ったら、素泊まりしか無理って言われた。今は肉も魚もないって。
気使ってくれてストックがある小麦粉でパスタとかパンとか作って出してくれてるけど、肉も魚も無いのはしんどいな。
イベント来るなら早く来てくれないと俺の味覚がつらい。炭水化物だけは飽きるｗ
試しに川とか海来てみたけどマジで何も釣れないのな……。俺の釣り熟練度の問題なのか判断つかないけど。

◇

75【闇の魔術を防衛する一般視聴者】
待ってこの森怖くねｗ　俺この間行った時エリュウとか大量に居たけど。
ちなみに余裕で返り討ちに遭いました。
よくこんな雰囲気の中で採取とか出来るな……。
てかその植物知識は何なの？どっから仕入れてるの？

76【闇の魔術を防衛する一般視聴者】
>>75　アーカイブ配信の最序盤見りゃ分かる。初期町の住人から教えを受けてた。

77【闇の魔術を防衛する一般視聴者】
骸骨うううううううううううｗ

78【闇の魔術を防衛する一般視聴者】
「森で散歩」の童謡がフラグだった件について。

79【闇の魔術を防衛する一般視聴者】
歩いてるううううううううは草。まあそりゃ普通歩かんわな。地面に横たわってる。

81【闇の魔術を防衛する一般視聴者】
「告知：シヴェフ王国で王都クエスト発生条件を満たしました。」って出たけど。
絶対この配信がトリガーではw

82【闇の魔術を防衛する一般視聴者】
例によって例の如く、蓮華氏の画面に告知なんてものは無かった。

83【闇の魔術を防衛する一般視聴者】
彼、まだＮＰＣなんで……（パワーワード

86【闇の魔術を防衛する一般視聴者】
配信を見るのが楽しすぎて王国クエストとやらに参加するタイミングを掴みかねている俺。

90【闇の魔術を防衛する一般視聴者】
あっ、外したｗｗ　攻撃外してんの初めて見たｗ

91【闇の魔術を防衛する一般視聴者】
目　を　瞑　っ　て　る　気　が　す　る　の　は　俺　だ　け　で　す　か　。

92【闇の魔術を防衛する一般視聴者】
あっ……（察し

93【闇の魔術を防衛する一般視聴者】
熟練度高そうだし、メンタル強そうって思ったけどアンデッドダメ系か。

94【闇の魔術を防衛する一般視聴者】
>>93　そりゃある時、森の中で散歩したかったのは熊……いや、エリュウだからよ……。

肆．洋士と連れ

訪問時間は十時。作業や話の最中に正午を回るだろうと考え、昼食用の食材購入の為に久々に山を下りた。

田舎の朝は早くて、未だ薄暗い午前四時頃には朝市に食料が並び始めるのが僕にとっては本当に助かる。近くの商店もこの時間帯から開いているので、米と調味料はそちらで入手。

今日は無難に和食にするつもりだ。とはいえ、焼き魚は食べにくいだろうから白身魚と秋野菜の黒酢あんかけにする予定。

ご飯は十五穀米——これは単純に僕のこだわり——で、味噌汁には豆腐・里芋・舞茸・しめじ。黒酢あんかけには蓮根・にんじん・なす・えりんぎ。それと卵焼きでも作ろうか。

ゲーム内ではまだまだ食材が手に入らないので、見た瞬間あれもこれもとついつい材料を買いすぎてしまったけど……全部消費出来るだろうか？　米は日持ちするけれど、他はなんとか今日中に食べきりたい。

来客用のお気に入りの着物の上に割烹着を着て、早速下拵《ごしら》え開始。洋士の性格上、かなり早く来そうなので先に着替えておかないと僕が困るのだ。

鼻歌を歌いながら下拵えをしている最中、がらがらと玄関扉が開く音が聞こえた。ほらやっぱり。

予想通り洋士はインターホンも押さずに入ってきた。時刻は朝六時。まあ予想よりは遅かったかな？　お連れ様に配慮したのかもしれない。それよりも、洋士が無言でずかずかと中に入ってきたせいでお連れ様が玄関で慌ててるよ、ねえ？　まあ、「いらっしゃーい」なんて当たり前のように笑顔で迎え入れる僕も僕か。

ここ数十年めっきり御無沙汰だっただけで、昔っから洋士はこの家に勝手に入ってきてはくつろいで、気付けば勝手に帰って、を繰り返していたのでこちらもすっかり慣れたものなのだ。

「お、お邪魔します……」と遠慮がちなお連れ様の声。四十代後半といったところだろうか。柔らかい物腰とグレーの髪が印象的なナイスミドル。世の女性憧れのロマンスグレーというのは、こういう方の事を指すのだろう。

「ああ、彼はいつも勝手に入ってくるので気にしないでください。遠路はるばる、ご足労いただき申し訳ありません。今お茶を用意しますから、どうぞあがってください」

なんて僕が声をかけている間にも、洋士は勝手にあがって応接間に向かっている。いや、お前が連れてきたんだからフォローぐらいしろよ。僕はこの人が誰なのかも分かってないんだけど？

お連れ様を応接間にお通ししたあと、お茶を用意してから応接間へ。多分男性は人間。という事は、僕も人間のふりをした方が良いのかな？　その辺りの質問だけは事前に電話でしておくべきだったかと、今更後悔。ひとまずは無難に人間の体でいくとしよう。

「お待たせいたしました」と三人分のお茶を机の上に置いたら、「いや、飲まねぇよ」と洋士。ん？と思って彼を見ると、「俺の事は知ってる。あとあんたの事も説明済み。というか、このあと来る運営の人間にも、あんたの事を説明する為に俺達は来たんだぞ」って。はい？

「いや、お前なに言ってんの？」

おっと、お客様の前でついうっかり口が滑ってしまった。いやでも、当たり前のように告げられたこっちの身にもなってほしい。最初からそのつもりだったのなら、「一人か二人連れて行く」ではなくてそう言ってくれれば良かったのだ。

「あ、ええと……、申し遅れました。私、内閣官房副長官の和泉《いずみ》と申します」

と、申し訳なさそうな表情で名刺を差し出してくる男性。

「えええええええええっ⁉」

「うるさいなお前」

ええ、僕が悪いの？　確かに事前にお連れ様が居る事は聞いていたけれど、それが内閣官房副長官なんてとんでもない地位の人だとは誰が想像するだろうか。それに、そんな人に向かって洋士はさっきからあの態度なの⁉　……などと言いたい事は山ほどあるけれど、とりあえずここは僕が大人にならなければ話が進まない気がしてきた。

「……失礼いたしました。頂戴します。蓮華陽都《はると》と申します。名刺は……多分どこかにあるはずなのですが……申し訳ありません」

「お気になさらず。突然お邪魔したのはこちらです。実は私、蓮華先生の大ファンでして。本日はお目にかかれるのを楽しみにしておりました」

そう言って和泉さんが鞄から取り出したのは、僕の今の名前でのデビュー作、それも初版本である。お世辞でもなんでもなくどうやら本当にファンのようだ。記録に残らないように顔出しを一切していない僕は、直接ファンと顔を合わせる機会は滅多にない。興奮してしまい、思わず洋士に話しかけてしまった。

「ちょっ……洋士聞いた⁉　ファンだって！　どうしよう、凄く嬉しい」

「あーはいはい、そういう話はあとにして、取り敢えず今はこのあとの事を説明してくれないか」

ちょっと鬱陶しげに言う洋士。その通りかもしれないけれど、こいつはさっきからなんで和泉さんに対してこんなにフランクに接してるのだろうか？

「ははは、洋士さんの言う通りですね。蓮華先生にお会い出来た喜びで、つい私も興奮してしまいました。では改めまして、今日このあとについてですが、実はＶＲ機器および『Ｇｏｄ　ｏｆ　Ｗｏｒｌｄ』の開発を行っているソーネ・コンピュータエンジニアリング社に対して、蓮華先生の情報を開示した方が良いのではないか、と我々は考えております。勿論、蓮華先生が良ければ、ですが。理由といたしまして、蓮華先生がその……血液をあまり好まれないとの事で、今回の件はそれがもとでＶＲ機器の故障を疑われているとお聞きしています。恐らくこちらにあるコクーンタイプのＶＲ機器自体にはなんの問題もないでしょうから、このまま蓮華先生が今まで通りの摂取量でプレイする限り、事象は改善しないでしょう。お仕事でも使用するとの事ですし、脳波が正常に読み込まれないままでは支障がある。そこでソーネ社協力の下、ＶＲ機器の方を改造し、蓮華先生が『Ｇｏｄ　ｏｆ　Ｗｏｒｌｄ』へと接続中に意識せずに血液を摂取出来るようにするのが最善の策ではないかと考えた次第です」

和泉さんの言葉に僕は頷く。確かに、自分の力で既定値以上の血液が摂取出来ないのであれば、VR機器と『GoW』の開発を行っている会社の方に協力を求めるのが正解ではある。ただ、いくつか疑問点はある。例えば今この場に和泉さんが居るという事は、国として僕達の存在を認めているという事なのか、とか。

「私がここに居るのは、政府として洋士さんや蓮華先生のような方の存在を正式に認めている事、ただしそれは混乱を招く恐れがある為、公には開示していない事をソーネ社に対して説明する為です。実を言えば他にもそういった種族の存在は確認しており、その一部の方はVR機器の改造をする事で『God of World』へと接続しています。私は以前もその調整役として、ソーネ社のトップの方とお会いしているので話は通じやすいと思います。事後報告で申し訳ないのですが、実は前もってソーネ社の方には、本日の訪問に関して会社のトップの方と開発側の中心人物にお越しいただくように調整をしております。ネットワーク上でその類いの話をしてしまうと盗聴の恐れもありますから、蓮華先生には事前にお話し出来ず……」

僕の疑問は口にする前に和泉さんが答えてくれた。なるほど、国は既に僕達の存在は認識済みだったのか。そしてそれは、皆と長い事連絡を絶っていた僕だけが知らなかったのかも。洋士の態度からは、和泉さんとの付き合いがそれなりに長い事が窺える。

「あの……、この間僕が洋士に相談した時、血液がどうとか電話越しに話してしまいましたが、それは大丈夫でしょうか……？」

「洋士さんの携帯は政府側で用意しており、盗聴防止加工が為されているので恐らくは大丈夫かと。

念の為、洋士さんからの要請で通話内容の記録は全て消去済みです。ですが、以降のやりとりは対面でさせていただきたいと思い、本日は失礼を承知で押しかけさせていただきました」

「お話は分かりました。僕としてもその提案は魅力的ですし、是非お願い出来ればと思います。ですが、一つ疑問があります。政府はどうして我々のような少数種族や、いちゲームに対してここまで精力的に動かれているのでしょうか？　確か企業がVR世界にオフィスを移設出来るように法整備をしたという話は聞きましたが……」

「まず第一に、洋士さんと政府は昔から懇意にしています。長命の方の知識は我々としても是非参考にしたいところですので。第二に、実は『God of World』には政府としても大いに期待をしているからです。蓮華先生は一昔前に実施したGIFEスクール構想をご存じでしょうか」

「はい。Global and innovative future for everyone――全ての人にグローバルで革新的な未来を提供する――。個別最適化され創造性を育む教育ICT環境を実現する趣旨の構想ですね」

当時、何度もニュースで取り上げられていたので覚えている。とはいえ、横文字が多いし、僕に関係があるとも思えなかったので実はよく分かってはいなかったり。

「その当時は学校教育にタブレットやパソコンを導入するという手法でしたが、今度はそれをそのままバーチャルリアリティ空間へと移行出来ればと考えています。そのテストケースとして法整備を行い、まずは企業のオフィスをバーチャル空間へ移設する事を積極的に推し進めています。これらが上手くいけば、第二回SDGsの観点でも大きく貢献が出来ると思っています。ですから、なんらかの理由でバーチャル空間へ接続出来ない方に関しては運営元へと依頼する形でなるべくは解消していきたいのです」

想像よりも大きな話で驚いた。それにしても洋士は凄いな、政府に協力しているなんて。「随分と目立つ生活を送っているのに、正体もばれずに平穏無事に過ごせているのは何故だろう」と思っていた謎がようやく解けた。あとこれは僕の偏見だけど、和泉さんは政府の人間にしては全く高圧的じゃないし、凄く親切で物腰が柔らかくて……とにかく良い印象。勿論それだけで内閣官房副長官なんて地位に就けるとは思わないけれど、この件に関しては安心して任せられる気がする。

「なるほど。良く分かりました。ところで、ソーネ社へ説明が必要という事は、僕たち吸血鬼に関してはまだコクーンの改造を誰もしていないという事ですよね？　……洋士はそれで良いの？　僕のせいで少数とはいえ、第三者に僕達の事を知られてしまうけど」

「まあ、別に。他の仲間にも念の為報告はしたが、あんたの事だって分かったら笑ってたよ。吐き出すんだから仕方がないよな、ってな。だからそこに関しては気にしなくて良い」

「……うん、分かった。今回の事、和泉さんに相談してくれてありがとう。えっと……和泉さん、ご迷惑をおかけしますが、よろしくお願いします」

「いいえ、こちらこそ」

話もまとまったので、ほっと一息。と思ったら、和泉さんのお腹が鳴ったのが聞こえた。そういえば随分早い時間に来たし、下拵え中だったから応接間まで料理の匂いが漂っている。和泉さんにとっては誘惑以外の何物でもなかっただろう。

恥ずかしそうに俯く和泉さんに、朝食を作る旨を伝えてそそくさと準備に取りかかる。

土鍋で炊いたご飯は良い感じに出来上がっているし、昼用に用意した食材を使って軽く炒め物。お味噌汁も温め直して、お椀へとよそう。

「お昼用に用意していたので、一部被っちゃうメニューもあるんですが良かったらどうぞ」と言うと、和泉さんは物凄い勢いで掻き込んでくれた。本当にうちの洋士が早い時間から連れ回してご迷惑をおかけしました。ん、でも今回の件は僕が元凶だから洋士のせいじゃないな……。いやそれよりも、吸血鬼が作った料理を躊躇《ちゅうちょ》もせずに食べるなんて凄いですね。

ソーネ社の方々が来るまでの間色々と話しているうちに、二人は和泉さんが赤ん坊の頃からの知り合いである事が分かった。道理で洋士の横柄な態度も笑って流せるはずだ。そのあと、大分雰囲気が和んだ辺りで和泉さんが僕の初版本をおずおずと取り出してサインを所望してきた。サインなんて滅多に書かないからちょっと震えてしまったのは内緒の方向でお願いします。

約束の時間五分前にインターホンが鳴り、玄関扉を開けると、二人の男女が立っていた。

「十時にお約束をしておりました、ソーネ・コンピュータエンジニアリング社の者です」と女性。

「遠路はるばるようこそ。どうぞ、中へ」と応接間へと案内し、お茶を入れなおしに台所へ。応接間からは「お久しぶりです」と挨拶が聞こえてくる。そういえば和泉さんとソーネ社の方々は面識があるって言ってたっけ。

お茶を人数分——僕と洋士の分を除く——机に置き、僕も座る。和泉さんに紹介してもらう形で軽く自己紹介を。女性の方がソーネ社の代表取締役で早川さん、男性の方が技術担当責任者で小林さんと言うらしい。

会話は和泉さん主導で進み、且つ、前にもソーネ側にて別の種族の方の為にコクーンをカスタムした事がある為、今回の件の説明自体は思いの外あっさりと進んだ。

さすがにコクーンの改造内容が、「吸血鬼なのに血が飲めないから、『ＧｏＷ』接続後に無意識に飲めるようにしてほしい」だったと分かった時はソーネ側も面食らった顔をしていたけど。うん、まあ、そうなりますよね。

その後実際にコクーンの改造方法を検討するにあたり、どうしても現時点で僕が一度にどれくらいの血液を摂取し、その状態ではどのような脳波・心音・静脈データになるのかを観察する必要があると言われた。

その結果から、どの程度の血液をコクーン経由で摂取出来れば人間同様の脳波データまで引きあがるのかの検討をしたい、との事。

「……血液を飲んでくるので少々お待ちください……」

まさか『ＧｏＷ』をプレイする訳でもないのに血液を摂取する羽目になるとは思わなかった。そのせいで覚悟を決める時間もなかったので、いつもはなんとか飲み干せる量なのに、飲み切る前にひどい吐き気に襲われてしまった。

「ぐっ、うえっ」

僕の様子を見かねてか、呆れたように溜息をつきながらも洋士が背中をさすってくれている。なんだかんだ優しいのは知っているし、心配してくれるのはありがたいんだけど、今は本当にその優しさが恨めしい。うう、恥ずかしくて余計いたたまれなくなるからやめて！

なんとかいつもと同じ量を飲み終わって、コクーン内での測定は完了。小林さんには心底申し訳なさそうな顔をされたけど、別に気にしなくても良いのですよ、僕の体質の問題なので……。

「普段も今と同様二百ミリリットルを飲んでいましたか？　およそ六時間のコクーン強制排出と同タイミングで心臓も停止する感じでしょうか」

「はい」

「なるほど……大変お伝えしづらいのですが、現時点での蓮華様の脳波・心音・静脈どれをとっても成人男性の平均値の三分の一以下となっています。これが原因で『ＧｏＷ』内にて正常にプレイヤー判定されずＮＰＣ扱いとなり、システムメニューなどのコンテンツが使用出来なかったようです。改善策としては和泉様もおっしゃっていた通り、血液の摂取量を増やして平均値まで持っていく事ですが……単純計算をして、六百ミリリットル摂取をすれば本当に大丈夫なのか、などの検証は必要になります。参考までに、水原様の摂取量はどれくらいでしょうか」

「朝昼晩三回、一回あたり一リットルだ。俺の場合は完全に食事の感覚で摂ってるから参考にはならないだろうな。他のやつも多分似たようなもんだ」

洋士の発言に、小林さんは残念そうに頷く。

「蓮華様にはかなり酷な話ですが……コクーンの試験やその後の脳波状態チェックの為にも、何度か、それも大量に血液を摂取していただく必要はあると思います。可能な限り改造型コクーンを経由して摂取する方法を取らせていただくつもりですが、気分が悪くなってしまう可能性は十分にあります。……或いは、脳波・心音・静脈などの各種監視は法律で決められているだけなので、コクーンの構造的にはオフにする事も可能です。ただ、法律違反になってしまうので和泉様経由で例外を認めてもらうなどする必要はありますね。その上でNPCではなくプレイヤーとしてAIに認識させる為には……血液摂取以外ではシステムの改造しか思いつきません。ですが弊社としてはイベントやアップデート以外でのシステムの変更は極力避けたいと思っていますのでそちらに関しては申し訳ありませんが……」

つまり血液を摂取せずに今後もNPCとしてプレイを続けるか、プレイヤーとしてプレイする為にコクーンを改造するか。二つに一つという事だ。でも勿論、和泉さんに迷惑をかけてまで例外を認めてもらうつもりはない。

「法律で決まっている事について、迷惑をかけてまで例外を認めてもらうつもりはありません。勿論、コクーンを改造していただく段階でソーネ社へはご迷惑をかけてしまう事になりますが……」

「既に何度か前例もありますから大丈夫ですよ。最後に一点だけお願いがあります。現在コクーンで採用している栄養補給パウチの仕様は、マイクロニードルを用いて皮膚に直接補給するものになります。ですが蓮華様の場合、血液を皮膚に直接補給……という訳にはいかないと思います。経口摂取を行う為にはかなり大がかりな改造が必要になり、蓮華様とは対面で何度かやりとりをする必要が出てきます。可能であればコクーンの改造が終わるまでは東京の方に滞在していただきたいのですが……」

「俺の家に住め」

と洋士が一言。

「ええ……」

洋士の提案に対して、僕は即答出来ない。だって、洋士ったらなにをとち狂ってるのかは知らないけれどタワーマンションの上層に住んでいて、室内は日当たりがとても良好なのだと先日の集会で誰かに聞いた。そんな所に短期間とはいえ住んだとしたら、僕の日光アレルギーが大暴れしちゃうんだけど？

「タワマンの上層階でかなり日当たり良いって聞いたよ……？」

「……あんたが来るまでに遮光を完璧にしておく。俺の家からならソーネの本社まで車で五分程度だ。行くにしても来てもらうにしても、都合が良いだろう」

「それは凄いですね！」

と小林さんも期待の目を向けてくる。確かに、一口に東京と言っても範囲が広い。車で五分なら条件としては最高だと思う。遮光を完璧にしてくれると言うし、迷惑をかけてしまうけれどご厄介になるのが一番良いのか。

「分かった、それじゃあお言葉に甘えてしばらくお世話になるよ。東京に行く日は……悪いけど迎えに来てもらえる？　一人で行ったら間違いなく日光にやられて別人みたいになるから……」

引っ越し日程は追って連絡してもらう形でまとまった。そのタイミングで振り子時計がボーンボーン、と十二時を告げる。と、その振動にやられたのか、小林さんと和泉さんのお腹が鳴るのが聞こえてきた。

「あ、一応皆さんのお昼ご飯を用意しているのですが、いかがですか？」

「是非！」と真っ先に声を上げたのは言うまでもなく和泉さん。

美味しいと言ってくれるのは素直に嬉しいけれど、なんだかだんだん僕の中で和泉さんは内閣官房副長官というよりただの食いしん坊なイメージになってきたなあ。

でもそのお陰で、躊躇してた早川さんと小林さんも食べてくれる事になった。まあこれが普通の反応だと思う。「吸血鬼が作った料理なんて、なにが入っているか分からない」。そう考えてたいていの人は躊躇するのではないだろうか。その辺りはきっと、和泉さんと洋士が旧知の間柄というのが大きいのだろう。

洋士以外の分の料理を運び終わったら、皆驚いた顔で僕を見た。

「あんたも食べるのか？」

「うん。さっきの血液補給でちょっと体調悪いから、お口直し。まあ、多分一食くらいなら大丈夫でしょ」

それもあるけれど本音を言えば、ただ食べたかっただけである。食材を買いに行った段階で実は食べる気満々だったんだよね。だってまだゲーム内では手に入りにくい食材ばっかり選んでしまったから、ゲーム内で同じ料理を堪能出来るのはまだまだ先。それに我ながら上手く出来たので、「今食べなきゃ絶対後悔する！」と思って。

先程の血液補給とは違って美味しそうに料理を食べてる僕を、皆が変な物を見る目で見てくる。なんですか、そんなにおかしいですか？

お昼ご飯を食べながら更に詳しく聞いた話によると、基本的に稼働している『ＧｏＷ』内のシステムはＡＩ依存なので、ＡＩがＮＰＣと判断した人物のステータスを手動でプレイヤーへ変えるというのが難しいらしい。全然そっち関連の事は分からないけど、たとえＡＩ依存じゃなかったとしても一人の為にシステムを変更するなんて事はやりたくないだろうと思う。

現状、六時間間隔でしかログアウト出来ない事以外にとても困る！　という事はない。僕としてはしばらくＮＰＣでも問題ない旨は伝えておいた。

ちなみにＮＰＣの死亡に関しては、誰かが蘇生系の魔法やポーションを使用しない限り、そのまま天に召されてしまうらしい。けれど、僕に関しては暫定対処としてＧＭが蘇生してくれるとの事。その為に交代で僕の行動を監視するとの事で、頼めば任意のタイミングでログアウトもさせてくれるらしい。なんだか申し訳ないなあ。

午後も少しだけ聞き取り調査やデータの取得をしたり。全員が帰った頃には午後二時を過ぎていた。

そういえば帰り際、洋士に「ゲーム内での迂闊な発言には気を付けろよ」と言われたけど、失礼しちゃうよね。僕だって馬鹿じゃないんだから、誰の目があるか分からない状況で変な事を口走ったりはしないよ、全く。

その流れで、引っ越しに関するやり取りの為にメールアドレスを交換した。勿論、基本的には六時間間隔でしかレスポンスが出来ない事と、そもそもメールを使いこなせない可能性は伝えておいた。溜息をつかれたのは言うまでもない。

【個スレ】名前も呼べないあの人【ＵＩどこぉ】

名前を呼びたくても呼べない、あの人に関する話題です。
なんでＮＰＣすら名前呼ばないの？　怖いんだけど。
※運営側も確認してあげてください。何だかおかしいです。

105 **【闇の魔術を防衛する一般視聴者】**
こつｗみつｗどｗｗｗ

106 **【闇の魔術を防衛する一般視聴者】**
言葉のチョイスがセンスありすぎて草生えるｗ
でも実際、そんな骨密度が高い（笑）スケルトンが大量に来たら、俺らに勝ち目はあるのか？

107 **【闇の魔術を防衛する一般視聴者】**
防具はともかく武器は「使えれば良い」の概念でまだ初期装備のままだわ。
かといって折れるの前提で良い物には買い替えたくねぇ……。

108 **【闇の魔術を防衛する一般視聴者】**
「プレイヤーが倒せないなら、ＮＰＣにお願いすれば良いじゃない。Ｂｙ蓮華・デイチュワネット」
こんなん草しか生えないんだがｗ　今日はフルスロットルだなあ。

109 **【闇の魔術を防衛する一般視聴者】**
デイチュワネットが苗字だよな？アントワネットと何をかけてるんだ？

110 **【闇の魔術を防衛する一般視聴者】**
>>109　「泥中の蓮華」という言葉があってな。
多分「泥中蓮華」ってフルネームの体なんじゃないか。

111 **【闇の魔術を防衛する一般視聴者】**
苗字適当すｇ……いや深いのか？ｗ

112【闇の魔術を防衛する一般視聴者】
フレッシュな方……俺もこいつの肉は遠慮したい。が、これをフレッシュと言うのか？

113【闇の魔術を防衛する一般視聴者】
目が、目があああああ！いや、まじで器用なのか不器用なのか……w
そして容赦なく目潰し攻撃をしにいくのである。

114【闇の魔術を防衛する一般視聴者】
すげえな、クエストの告知とか出てる訳でもないのに、逃げずに再戦しに行くのか
でも思ったんだけどさ、蓮華くんは死んだらどうなるの？
俺らみたいに王都で復活出来るの？　それともＮＰＣだから……

115【闇の魔術を防衛する一般視聴者】
あっ……（察し
蓮華くん逃げてええええええええ！　超逃げてええええええええ！
王都とか良いから！　俺らやるから!!

116【闇の魔術を防衛する一般視聴者】
今日の彼は口数が多いなあ。恐怖心をごまかしてる感じがすごい伝わってくるw

117【闇の魔術を防衛する一般視聴者】
金の恨みは怖い（真顔
まあ武器は安くても銀貨数枚〜数十枚はするからな。
当初の目的のエリュウも持って帰れないんじゃ当然だよな。

118【闇の魔術を防衛する一般視聴者】
なんか良い感じに弾けろおおおおおおおおｗｗｗｗｗｗｗｗｗｗｗｗｗ

119【闇の魔術を防衛する一般視聴者】
頭倒したあああああああ！

◇

123【闇の魔術を防衛する一般視聴者】
感動のフィナーレからの喜劇。剣の代わりに腕ｗｗｗ

124【闇の魔術を防衛する一般視聴者】
背負い方が二宮金次郎で草。骨が動いてるし全体的に怖すぎるｗｗｗ

◇

134【闇の魔術を防衛する一般視聴者】
配信がされていないだと……。

135【闇の魔術を防衛する一般視聴者】
運営が来てるんじゃないの、コクーン修理に。

136【闇の魔術を防衛する一般視聴者】
未視聴分のアーカイブが溜まっている俺は勝ち組

137【闇の魔術を防衛する一般視聴者】
それは勝ち組といえるのか？ｗ

◇

140【闇の魔術を防衛する一般視聴者】
告知：シヴェフ王国の王都クエストが開始されました。
ギルド側の方針固まったっぽくてはじまったぬ。

◇

151【闇の魔術を防衛する一般視聴者】
そういえばさ、ギルドから俺らにはランクの低い場所の食肉調達依頼しか来てなかったじゃん？
蓮華くん居なかったらどういう筋書きで発展してたんだろうね。

152【闇の魔術を防衛する一般視聴者】
>>151　あくまで俺の予想だけど、食料難の深刻度的にプレイヤーのランクが森に行けるまで上がるのを待つって流れではなかったと思う。
・低ランクの狩場で食肉調達できません
↓
・おかしくないか？とギルドが調査に乗り出す
↓
・並行して、高ランクＮＰＣ冒険者に森でエリュウ狩ってきてくれ！と依頼
↓
・発覚！
的な流れだったんじゃないかと予想。

153【闇の魔術を防衛する一般視聴者】
>>152　あーそれはありそう。
けど実際は、ギルドが異変に気付いて高ランク冒険者に依頼する前に、町のＮＰＣが個人的に蓮華くんへ依頼しちゃったよ、と。
てことはもしかして、本来ならもうちょっとあとで発生するはずだったイベント？

154【闇の魔術を防衛する一般視聴者】
>>153　かもしれん。俺らの装備とかも今より若干グレードアップしてる想定だった……かも？
あとはプレイヤーの中に魔術師が何人か誕生してからの想定だった、とか。

155【闇の魔術を防衛する一般視聴者】
れ、蓮華くんが悪いみたいに言うのやめて！

156【闇の魔術を防衛する一般視聴者】
>>155　悪いとは言ってない。
システム的に制限がかかってない以上、ＮＰＣと仲良くしてれば誰でも森でのエリュウ狩り依頼は発生したのかもしれないし。
ただ単純にこのままイベントが始まったところで「俺らの戦闘力でどうに

かなるんだろうか」という素朴な疑問。

158【闇の魔術を防衛する一般視聴者】
総合板に載ってたリンクから来た。なんかいろいろ面白そうな行動してるね、この人。
正直戦力的には、王都のクエストには参加してほしいけど……、コクーンの修理間に合うのかな？
リザレクトポーション的なのとか、蘇生系の魔法使える人居ないとやばい？w

159【闇の魔術を防衛する一般視聴者】
せんせー、魔術師系は現状蓮華君がトップだと思います（白目
ポーションの情報まじで入ってこないんだけど、進捗はどうなの？

160【闇の魔術を防衛する一般視聴者】
>>159　ポーションは錬金術とか調合とかがいろいろ検証してる。[リンク]
けど、現状行ける範囲（始まりの町から各国の首都まで）で集まる材料ではまだリザレクトポーションはできてないっぽい。作れるかも不明らしい。
首都より先に行ってみたプレイヤー曰く、戦闘力ある人じゃないと進めないとのこと。
そもそもリザＰＯＴとかＨＰＰＯＴ作ったところで、部位欠損は治らないと思うから教会かヒーラーに頼むしかない。俺等には最悪「死に戻り」っていう伝家の宝刀があるけど蓮華君はそれが出来ないだろうから……。
あとそれ以前にＭＰＰＯＴすら作れてない。ＨＰＰＯＴはあるんだけどな……。魔術師プレイヤー増えたところでＭＰＰＯＴなかったら意味なくね？

161【闇の魔術を防衛する一般視聴者】
蘇生は絶望的かあ……。参加してくれとは言えないねえ。
まあギルマス介して説得してもらう気満々だけど。

162【闇の魔術を防衛する一般視聴者】
や、やめて！　俺らの蓮華くんを殺さないで！（震え声

◇

175【闇の魔術を防衛する一般視聴者】
公式配信システムの収益化って、申請じゃなくて自動なんだな。

176【闇の魔術を防衛する一般視聴者】
>>175　どゆこと？

177【闇の魔術を防衛する一般視聴者】
>>176　蓮華くんのプロフィールアイコン、収益化バッジついてる。
どう考えても彼が申請したわけじゃないでしょ。

178【闇の魔術を防衛する一般視聴者】
あー……、え、これ投げ銭自体も自動有効かな？

179【闇の魔術を防衛する一般視聴者】
次回配信に期待。

180【闇の魔術を防衛する一般視聴者】
投げ銭も有効だとしたら、当の本人がいつ気付くのか見たいが為に投げ銭するw

◇

193【闇の魔術を防衛する一般視聴者】
配信中に声かけても本人に聞こえないのは分かったけど、何で誰も直接本人に声かけないの？
この間ギルドに来てたよな本人。

194【闇の魔術を防衛する一般視聴者】
>>193　そういうお前が声かけなかったのは何でなんだ？
「来てたよな」ってことはその場に居たんだろ？

ちなみに俺的予想では二種類の人間が居ると思っている。
1．本人が配信に気付いてしまったらコクーンが直るまで仮引退されそうで黙っているタイプ
2．直接話しかける？　コミュ障過ぎて無理に決まってんだろ??　舐めんなよ
ちなみに俺は両方だ。

195【闇の魔術を防衛する一般視聴者】
お、おお……。俺は1だけどよ（震え声

196【闇の魔術を防衛する一般視聴者】
まあ、話しかけたらその段階で自分も配信に映り込む訳だ。アーカイブにも残るしな。
ここに居るファン全員を敵に回すの分かってて声なんかかけねーよな。

【総合雑談】ＧｏＷについて熱く語る２【暴言禁止】

雑談スレッドです。特にジャンル縛りはないので、ご自由に。
荒らし・暴言禁止です。
※運営側も時々確認しています。発言には気を付けましょう。

438【名無しの一般人@シヴェフ王国民】
告知：シヴェフ王国の王都クエストが開始されました。
いよいよ始まりましたねー……（白目

439【名無しの一般人@アルディ公国民】
モチベ低すぎワロタｗ

440【名無しの一般人@シヴェフ王国民】
↓見れば誰でもモチベ下がるってまじで。ギルドで告知された内容。

貢献度により評価が上下する
下記三部隊のいずれかに所属する
・戦闘部隊：王都の防衛、アンデッドの退治
・補給部隊：武器やポーションの作成・運搬、戦闘部隊の支援など
・食料部隊：臨時で開放された西側街道にて食肉の確保

アンデッドの情報（現時点での目撃情報。実際にはほかにもいる可能性あり）
スケルトン：火魔法・神聖魔法が有効。
ゾンビ：火魔法・神聖魔法が有効。
※物理耐性は非常に高く、基本的には不死身。
打撃武器による破砕で足止めを行い、神官を待つｏｒ燃やし尽くすことを推奨。

どうしろってんだよｗｗｗ

441【名無しの一般人@シヴェフ王国民】
火で燃やすっていっても多分たいまつかざしたところで燃えんやろ？
魔法以外で燃やすなら、一か所に集めて油みたいなの撒いて炭になるまで燃やすってことだよな。

442【名無しの一般人@カラヌイ帝国民】
打撃武器で破砕しても「足止め」って書いてある辺り、足砕かれても再生する感じか？
一か所に集めるっていうのが難しそう。
他人事のように言ってるけど俺らもトリガー見つけたらこうなるわけか。

443【名無しの一般人@シヴェフ王国民】
打撃ってハンマーくらいしか思いつかなくて試してみたけど重すぎて振り回せねぇ。

444【名無しの一般人@シヴェフ王国民】
>>443　破砕出来る威力が出せる、現実的なサイズのハンマーを振り回せるのは大剣持ちくらい。
普段それ以外の武器使ってる人は、現実で鍛えてない限り筋力の熟練度足りなくてたぶん持てない。
ちなみに、大剣の友人曰く、「重心が大剣とハンマーじゃ全然違って使いこなせる気がしない」。
ハンマーで戦闘部隊に入るつもりのやつらは修業が必須くさいw

445【名無しの一般人@シヴェフ王国民】
>>444　さんくす。ＮＰＣにおんぶにだっこ状態だけど補給部隊と食料部隊に入るのが現実的か……。

449【名無しの一般人@シヴェフ王国民】
スタート時期未定なのか。仕事有給申請したかったんだがががが。

450【名無しの一般人@シヴェフ王国民】
アンデッドがいつ森から出てくるかによるらしい。

こっちから打って出るつもりは今のところない模様。
まあ、食料難だからあまりにもアンデッドが出てこない場合は打って出ることを考えるってさ。

451【名無しの一般人@レガート帝国民】
どっから仕入れてきたそのネタw

452【名無しの一般人@シヴェフ王国民】
普通にギルマスに聞いたら教えてくれた。

453【名無しの一般人@シヴェフ王国民】
>>452　まじかよ……
俺も聞いたけど教えてくれなかったんだが？

454【名無しの一般人@シヴェフ王国民】
>>453　ギルド内での信用度の問題かも。
俺は食料調達依頼を何度も受けて何度も失敗報告してるから。
字面だけ見れば評価出来ないけど、「狩り場に対象の動物が居ませんでした」の報告を繰り返してるだけでもちゃんと内部的には評価上がってるっぽい？　ただの推測だけど。

455【名無しの一般人@シヴェフ王国民】
>>454　まじかよ！！！　ここの情報見て、依頼受けるだけ無駄だと思って何もしてねーわ。

460【名無しの一般人@アルディ公国民】
>>440　「・食料部隊：臨時で開放された西側街道にて食肉の確保」
臨時で開放って何？普段は通り抜け禁止とか？

467【名無しの一般人@シヴェフ王国民】
>>460　企業用のオフィス街があるからじゃない？
ほら、例の法律改正してバーチャルオフィスも経費計上可能、云々～ってやつ。

前に西側にある町でオフィス街へのテレポゲート見た事ある。

その関連で西側はあんまりクエストがないとか？全然知らんけど。

けど今回は
・東の森にアンデッドが湧いた影響で北と南の街道の小動物も隠れてしまって捕まりません
↓
・森とは真逆の方向の西側開放して食肉調達させましょう
みたいな感じかな？

いや、正直ただの想像。でも臨時で開放したってことは多分あってるはずだし、開放すること自体は特に法律違反ではないんじゃないか？


468【名無しの一般人@アルディ公国民】
>>467　結局それって元を正せば例の動画のプレイヤーが突っ走って森探索したせいだよな？
王都クエストの発生が早まったせいで他のプレイヤーが貢献出来なくなったから西側で食料調達させましょうってことだろ？くそめいわくじゃん。

ＮＰＣだかプレイヤーだか知らんけど、注目浴びるためのチートとか面白くないし運営さっさとＢＡＮしろや。


469【名無しの一般人@レガート帝国民】
>>468　ＭＭＯＲＰＧなんだからクエスト無視して他の行動取る人だってごまんと居るだろうに……
たまたまトリガー引いてクエスト発生したからって責められることじゃないだろ
想定より早くクエスト発生したのかもしれないけど、正規ルートでも実際誤差レベルじゃない？
そもそも食料なきゃ餓死するのは変わりないんだし、発生タイミングに関係無く食料部隊はあると思うが
ってか本来攻略に必要な魔術師プレイヤーが全然育ってないのは期間よりも熟練度上昇率の問題で、完璧に運営の設計ミスだと思うが
彼がチートとか何で判断したの？ソースどこ？

470【名無しの一般人@カラヌイ帝国民】

>>469　アルディ公国もここの情報見てクエスト発生早まった訳だし、いらだってるだけ笑。
そういう八つ当たりマンは無視に限るから真面目にレスしなくてええんやで。

472【名無しの一般人@シヴェフ王国民】

>>467　オフィス街へのゲートは王都とかそこそこ大きな町にはあった気がする？から、西の開放は多分オフィス街関係ないよ。

伍．ギルド

あ、コクーン改造してもらうのは良いとして、今うちにある分は出版社さんから借りているだけで僕のコクーンじゃないんだった。洋士にメールしておかないと……。

「あれ……変換とか句読点ってどうやってつけるんだっけ……？　あれっ新規メールの画面が消えちゃった⁉　えー、打った文字ってどうやって消すんだろう……」

駄目だ、ちゃんとしたメールが完成するまで試行錯誤していたら、日付が変わってしまう。とりあえず伝えたい事が伝われば良いし、解読は洋士にまかせてもう送ってしまおう……。

Ｔｏ：水原洋士
Ｆｒｏｍ：蓮華陽都
Ｔｉｔｌｅ：ようじへ
Ｃｏｎｔｅｎｔｓ：いまつかってるこくんしゅっぱんしゃさんのしんきこうにゅうそーねへつたえて

「これ、ちゃんと送信出来てるかな……。どうやって確認すれば良いんだろう。メール届いてるか電話で確認すべき……？」

やっぱり洋士の言う通り携帯を持つべきだったかな。最近の携帯はメールじゃない連絡手段があって、相手が読んだかどうか分かるって言っていたし、その方が僕的にも安心な気はする。ああ、でもそもそもその連絡手段を使いこなせる自信がない。

To：蓮華陽都
From：水原洋士
Title：Re：ようじへ
Contents：変換と句読点と改行くらい使いこなせよ、作家先生。
今のコクーンは出版社から借りてるから、それとは別のコクーンを新規購入させてほしいってソーネに伝えれば良いんだな？

To：水原洋士
From：蓮華陽都
Title：Re［2］：ようじへ
Contents：それであ

To：水原洋士

From：蓮華陽都
Title：Re［2］：ようじへ
Contents：まちがえておくっちゃったそのにんしきであってる

「はあ……たかがこんな連絡で二時間使うっておかしいよね？　絶対電話の方が早かったなあ。いやでも、少しは機械音痴を直したほうが良いし。洋士は実験相手として丁度良いから……うん。それにしてもおかしいな、なんで変換出来ないんだろう。前回小説を書いた時は、少なくとも変換くらいは出来てたような……？　え、もしかして僕って退化してる？　洋士の家に引っ越したらその辺のレクチャーをしてもらおう……」

日課の素振りも掃除も終わったし、和泉さん達に料理を出す際に購入した、残りの材料も別の料理にして冷凍しておいた。さて……する事もなくなったしコクーンの値段を調べてみよう。検索は音声で出来るから本当に助かる。

それにしても高い。え、コクーンって百万もするの⁉　改造費用とか上乗せしたら、一体いくらになるんだろう……。

正直なところ、世間一般で一昔前から流行《はや》りだしたFIREとやらの額はとっくに満たせる額の預金はある。けれど、食事する必要も睡眠を取る必要も、排泄する必要がなくても、寝ない分電気代はかかるし、趣味の書籍代もかかる。家や土地の税金だってかかる訳で……。終わりが見えない人生だからこそ、いつまで稼ぎ続けられるか分からないのでなるべく節約したいというのが本音。

一回の買い物が百万単位となると、さすがにちょっと躊躇するくらいの金銭感覚は持ち合わせている。

うーん、でも仕事で使うものだし、貸与されているものを改造する訳にもいかないし。今まで通りアナログでお願いします！　とは、無責任で言えないよなあ。かといって、コクーンが脳波を正常に読み取ってくれないので仕事が出来ません、は僕の素性を篠原さんに話さなきゃいけないのでそれも避けたい。

「まあ多分コクーン代も一部は経費で落ちるだろうし……」

それにしても東京か。正直、僕は東京にはあまり近付きたくない。理由を話したら絶対洋士には笑われるだろうけれど。

「我ながら馬鹿馬鹿しいとは思うけど、本当に全部思い出になっちゃったんだな、って認識させられるのが辛いんだよなあ……」

単純に、土地の様子が変わっただけ。そんな事は生まれた時からずっと経験してきたはずなのに。

「僕にとってはなんだかんだで江戸時代、が一番楽しい時だったから……」

鎌倉、室町、安土桃山、江戸、明治、大正、昭和、平成、令和に天寧《てんねい》。色んな時代を見てきたけれど、個人的には江戸時代が一番印象に残っている。時に苛烈で、時に鮮烈で「火事と喧嘩は江戸の華」なんて不謹慎な言い回しが流行るくらい、確かに活気があってめまぐるしい時代だった。

「洋士と出会ったのもあの頃だし、余計にそう思うのかな。……師匠《エレナ》は元気かなあ」

最後に会ったのは明治だったかな。確か、戦争が始まる前に日本を去ったはずだから……。ここ最近の日本はまあまあ平和だと思うけれど、戻って来てるのだろうか？

「昔は良かった、なんて言い始める辺り僕も年寄りだなあ。いや、事実年寄りなんだけど。うーん、なんか変な事考えちゃった。気分転換にそろそろ『ＧｏＷ』にログインでもしようかな……ダニエルさんからなにか連絡があったかもしれないし、ジョンさんの店も心配だし」

それにしても僕、最近『ＧｏＷ』に入り浸っているけれど……大丈夫かな。日光浴と料理を堪能するだけのつもりだったのに、精神的に依存している気がする……。

◇

「こんにちは、ジョンさん」

「おお、蓮華くん。昨日冒険者ギルドの人がやってきてね、ギルドマスターから話があるからギルドへ顔を出してほしいそうだよ」

「あ、そうなんですね。じゃあちょっと行ってきます」

「うん、行っておいで。その間に夕飯を用意しておくよ」

ジョンさん親子に笑顔で見送られながら、冒険者ギルドへと向かう。少し悩んだけれど、ダニエルさんからは「監視も兼ねて」と言われているので骸骨《相棒》の腕だけは腰に差してきた。

前回ログアウト時からだいたい十六時間くらい経ってるから……あれから二日ちょっと経った計算かな？　王都が襲撃を受けている様子もないし、とりあえずは一安心。

ギルド内で僕の事は、既に共通認識になっているらしい。受付で名前を告げるだけで前回と同様の応接間らしき部屋へと通された。そして待つ事数分、ギルドマスターのダニエルさんもやって来た。早い。

「急にお呼び立てしてすみませんね、蓮華くん。実は貴方に、折り入ってお願いがありまして」

「いえ、むしろ遅くなってしまってすみません。ちょっと諸事情で王都を離れていまして」

「冒険者でもない貴方の行動を制限はしないと言いましたし、なにも問題ありませんよ。それでお願いというのは……現在、冒険者ギルドでは対アンデッドの為の方針として、こちらの条件で広く人員を募集しています。ですが、アンデッドに対抗する手段を持たない人が多く、戦闘部隊の人手が足りないのが現状でして……出来たら蓮華くんにも参加していただきたいのですが」

そう言って一枚の紙を差し出してくるダニエルさん。なになに、戦闘部隊に補給部隊、食料部隊……。そしてアンデッドの弱点情報などなど。

「戦闘部隊で参加してほしいって事ですよね？　でも僕もアンデッドに対する有効な手段は持っていませんよ……？　剣士ですし。前回のは本当に、本当にたまたま上手くいっただけですから」

死亡時は運営側で蘇生してくれると言っていたので、参加自体への懸念事項がなくなったのは事実。でも魔法は使える状態ではないし、お願いされたところで即戦力にはなり得ないのだけれども。

「うーん、神聖魔法でも火魔法でも良いので、ちょーっと修行してちょーっと使いこなせるようにとか……なりませんかね？　勿論、貢献度に応じて報奨金は出ますよ？　蓮華くんなら上手くいけばたんまりと出そうですが……それで武器をオーダーメイドなんて……出来ちゃうかもしれないですねぇ」

ぐう……確かにいつまでも骸骨の腕を武器にしている訳にもいかないし、それでなくとも王都での生活にもお金は必要……。

「ダニエルさん……、なかなか悪いお人ですね。確かに武器は、早急になんとかする必要があります。うーんとりあえず、まだ参加表明は出来ないですが魔法の修行はしてきます。丁度ここに来る道中で、紹介状もいただいてますし」

「それは助かります。是非良い報告をお待ちしていますよ。あ、もし参加表明されるのであれば、冒険者ギルドの方にもついでに登録してしまうのがおすすめです。そうすれば今回の報酬以外にも、ランクアップについての評価などもつけられますし、色々割引特典とかも受けられますからね」

そういえば先日貰ったパンフレットになにか書いてあった気がする。確か、ポーション、応急セット、ロープなどなど、冒険者に必要な道具が若干の割引価格で買えるとか。あとは、ギルド併設のレストランの割引もあるし、他国でもギルドカードが身分証明書として使えるからランクが上がれば上がるほど、入国がスムーズになるんだっけ。道具の割引とレストランの割引は正直かなり魅力的。今回のアンデッド戦への参加はさておき、冒険者ギルドへの登録はしておいた方が良いのかもしれない。

「冒険者ギルドに入るデメリットはありますか？　行動が制限されるとか、他のどこかの組合系には入会が出来なくなるとか……」

「そういうのは特にありませんね。魔術師ギルド所属や鍛冶ギルド所属の方も高ランカーには居ます。ただ、色々と注意すべき事はあります。例えば、冒険者ギルドは大抵の国に存在していますが、どこの国にも所属はしていません。緊急時に戦力を提供する代わりに、治外法権が認められているのです。ただ、例えば鍛冶ギルドはこの国の組合ですから掛け持ち加入するという事は、この国の国民として正式に籍を置く事になります。つまり、貴族とのトラブルには注意する必要が出てくるという事です」

僕の表情から、もう少し詳しく説明する必要があると判断したのか、ダニエルさんは思案気な表情で机をこつこつと指で弾く。

「そうですね……ランクが高くなると、貴族からの依頼や国からの緊急の討伐依頼など、否が応でも貴族や国そのものと関わり合いになるタイミングが出てきます。ランクが高いとその分、地位も実質的に向上しますから、ある程度はお断りする事も可能です。先程も説明した通り、冒険者ギルドは治外法権ですから所属している冒険者が貴族からの依頼を断ったところで国から罰せられる事はありません。でも、例えば鍛冶ギルドにも所属していた場合は面倒な事になるでしょう。弟子入りしている工房に圧力をかけて依頼が入らないようにする……製作した武器防具にいちゃもんをつけられる……なんて嫌がらせを受ける事もあります。冒険者ギルドは所属冒険者を極力守りますが、残念ながら別の身分の側面までは守り切れません」

残念そうにダニエルさんは呟く。似たような話が以前にあったのかもしれない。

「ただまあ、本当に高いランクまで上り詰めればその心配もないかもしれません。例えば世界中でも片手で数えられる人数のランク……Sランクの冒険者がこの国の誰かとトラブルになり、冒険者側がこの国を離れて別の国に活動拠点を移した場合、国としても困るでしょう。Sランクは一人で町一つ落とせると言われるほどです。そんな人物が他国に移籍してしまったら？　或いはドラゴンのような、並大抵の兵力では対処が困難な敵が現れた場合は？　そういう事を考えて、国がきちんとトラブルの仲裁をしてくれる事の方が多いです。勿論、我々としても冒険者に非がないのであれば、全力で支援しますし」

「まあ、今のは極端な例ですけどね」とダニエルさんは笑いながら言う。

「色々と怖い事を言ってしまいましたが、だいたいの国は有事の時に自国の兵力として頼りになる強い冒険者を望んでいますからね。他国への流出を防ぐ為に、ある程度のランク以降はそれに見合った爵位の叙爵打診が国から来るでしょう。一代限りではありますけどね。そうなればたとえ貴族とトラブルになったとしても、鍛冶ギルド側へ圧力をかける……なんて事は相手も出来なくなるはずです。蓮華くんほどの実力があればすぐに良いランクへ上がれるでしょうし、掛け持ちをしても煩わしい事はあまりないはずです。まあ、ランクが上がるまでの間はスカウトの類いがたくさんありそうですが……」

貴族の私兵とか、そういう類いへのスカウトだろうか。もしくは、他国からのお誘い？　高ランクになって叙爵されたら手出しが出来ないから、その前にツバをつけておこう……と考える人は多そうだ。

「あ、パンフレットにも記載がありますがギルドの規定に反した場合、その度合いによって処罰が下されます。一番重いものでギルドからの強制除名。冤罪だった、といった事がない限りは再度の加入は一切認められませんので、生活に支障が出ると思います。気を付けてくださいね？」

それに関しては先日読んだ記憶がある。基本的に理不尽な記載はなかったから、理由もなく住民を傷つけるとか、そんな事をしない限りは問題ないだろう。

「ギルドに加入しても個人的に依頼を受ける事は出来ますか？」

「ええ、今回のエリュウの件のように、引き続き個人で依頼を受ける事も可能です。その場合、ギルドを通した依頼に必要な手数料は双方ともかかりませんが、その分お互い自己責任になります。依頼を達成しても依頼主がお金を払わない、聞いていた依頼とは全然違う状況になってしまったけれど辞退すれば違約金がかかる……なんて事件もありましたからお気を付けください。ギルドは依頼にも受諾にも多少の手数料がかかりますが、依頼が達成出来なかった場合も、冒険者側に正当な理由があれば違約金はギルド側で肩代わりしますし、依頼主からはなにがあっても報酬を回収しますから冒険者側に不利益はありません」

「要するに、依頼の受発注代行のみならず、冒険者を守る団体としての役割を持っているという事ですね。話を聞く限りでは特にデメリットもないようですし……加入したいと思います」

「本当ですか！　ではしばしお待ちを……登録証を持ってきます。気が変わられては困りますからね！　あ、そこの君、登録証と筆記用具を持ってきてくれ。それと、Eランクのギルドカードの発行準備も頼む。テスト？　ああ、良い良い、今回はパスだ。……どうせすぐランクアップするだろうから」

なにやら不穏な呟きも聞こえたけれど、聞かなかった事にしよう。それにしても、一番下はGと聞いていたけれど、いきなりEとは……本当にテストしなくて良いのかなあ。過大評価されている気がするのだけれど。

そもそもの話、どうして急にアンデッドがたくさん出没したのだろう。

登録証の記入中にダニエルさんに聞いた限りでは、アンデッドが出没するくらいあの土地が汚れたという事らしい。汚れた理由については委細調査中との事だったけれど……どうも心当たりがありそうな口ぶりだったなあ。

「いや、そんなはずは」とか「だとしても早すぎておかしい」とか無意識なのかなんなのか、随分口走っていた。誰かに聞けば教えてくれるのだろうか。

その他にも気になる事があった。ギルドを出る時に前回同様、随分と視線を感じたのだ。

中には話しかけてくれた人も居たけれど、なんか変な人だったなあ。「大ファンです!」とかいきなり言われても「なんの?」って思った僕は悪くないと思う。仲間っぽい人が「この間の! スケルトン倒してここに来た時に偶然見かけたんですよこいつ! それでファンになったらしくて」って補足してくれたけど、ファンになるポイントがおかしいよね? ピクピク動いてる骸骨さんを背中に背負って来たんだよ? なんなら腰から腕もぶら下げていたし。自分で言うのもなんだけど、普通は絶対関わりたくないと思うなあ……。

ジョンさんが夕飯を用意してくれているはずなので魔術師への弟子入りはあと回し。一旦エリュウの涙亭に戻る事にした。

「ただいま戻りましたー」

「おお、待っていたよ。丁度今夕飯が出来たんだ。まあ、相変わらず肉は手に入らないから、今日はパスタと野菜だけのシチューになってしまったが……」

当初の予定では、節約の為に自炊が出来る宿を……と考えていたはずなのに。ご厚意で宿でもないのに居候させてもらっているだけでなく、結局こうして食事まで無償提供してもらっている。ジョンさんとリリーさんには本当に頭が上がらない。本格的に冒険者として稼げるようになったら、絶対に恩返しをしよう。

「とても良い匂いです、本当にありがとうございます」

手を洗ってから席について食べ始める。と、いつもは埋まっているはずの客席ががらん、としている事が気になった。僕の視線で察したのだろう、ジョンさんが理由を説明してくれる。

「ここらの住民達にも森の件が広まったからね。いつアンデッドが奇襲を仕掛けてくるか分からないし、不安を感じて家に閉じ籠もっているようだ」

「そう、ですか……。僕も最善を尽くしますが……ここが危なくなったらジョンさんは娘《リリー》さんを連れて逃げてくださいね」

「ああ、ありがとう。しかしアンデッドとは……穏やかじゃないね」

「あの、その件なんですが……アンデッドが発生するのは、土地が汚れたからだと聞きました。あの森でなにがあったのかご存じないでしょうか？」

僕が聞くと、ジョンさんの目がすっと伏せられた。間違いなくなにかを知っている。けれども、それを言いたくはないようだ。

「あの、言いたくないようであれば無理にとは……」

「いや、良いんだ。ただ、あまり気持ちの良い話ではなくてね。一年前に……あの森でとある子爵家のご令嬢が亡くなったんだ」

「そんな……理由はなんですか？　ご令嬢が行くような場所ではないと思いますが」

「無理心中を……したんだよ、平民男性と」

「無理心中……」

「ご令嬢側の言い分は分からないけれど、平民男性の方はここらの住人達に可愛がられていた子だったからよく覚えているよ。子爵家へ花を届ける依頼を受けた冒険者だった。恐らくそれがもとで一目惚れをされたんだろう、翌日からは指名依頼に変わったようだ。まだ彼のランクは高くはなかったし、子爵家の依頼を拒否出来るだけの理由はなかった。そのうち、ギルドや自宅、馴染みの店なんかにもご令嬢はやって来るようになった。彼には恋仲の幼馴染みも居て婚約もしていたから、子爵令嬢の恋慕の情に対してはきっぱり断っていた。丁度その頃だ。父親である子爵にでも見つかったのか……とにかくご令嬢はぱったりと姿を現さなくなった」

「それで、どうなったんですか？」

「一緒になれないなら共に死のうと思ったんじゃないだろうか。こっそりと屋敷を抜け出した上で自分のお付きの者にでも青年を誘拐させたのか……詳しい経緯は分からないが。結局、森で亡くなったのはご令嬢だけだ。首吊りをしたらしいが、青年の方はなんらかの理由で一命を取り留めた。だが……青年は真面目な性格でね。自分が分かる範囲で子爵に事の顛末を説明して、ご令嬢の遺体を森から連れ帰ってあげてほしいと頼んだようだ。……それで激怒した子爵に殴殺《おうさつ》されてしまったのさ」

「そんな……そ、蘇生魔法とかは？」

「蘇生魔法？　理論上はあるらしいが……実際に出来るという話は聞いた事がないね。もしかしたら教会のお偉方なら可能なのかもしれないが、いずれにせよ莫大な金がかかる。そんな費用、とてもじゃないが我々平民には出せないさ。……本来はね、誰かが亡くなった時は、死者の魂が迷わずに天界に行けるようにと、神官が祈禱を行うんだ。けれど子爵は遺体を森から連れて帰らなかった。それに、子爵家は貴族だから青年殺しについても注意と罰金だけで済んでしまった。王都の住人は皆子爵と子爵令嬢の身勝手さに怒り心頭で、誰も令嬢を連れ帰ろうとはしなかった。だからご令嬢の遺体は、神官の祈禱を受ける事が出来ず、今も森の中にあるはずだ」

「……ご令嬢の魂が天界に行けずあの森を汚した結果、アンデッドが発生したという事でしょうか？」

「それはあり得ないはずなんだけどね……。アンデッドが発生するほど汚れた土地というのは、戦争などで大量に人が死んだ場所だ。家族の許へ帰れなかった無念や、殺された恨みが積もり積もって……ね。あの森では毎年食材調達の為に無茶をした人達が亡くなっている。だから年に一回、大規模な祈禱の為に国が神官達を森に派遣するんだ、冒険者を護衛として雇った上でね。今年はまだだからご令嬢の魂は森に留まっている可能性はあるけれど……彼女と、この一年で亡くなった人達の魂だけで今の状況を引き起こすとは思えない」

「……」

なにも言えずに黙っている僕を見て、ジョンさんは哀しげに笑った。

「……愚かだと思うかい？　亡くなった人の魂を無下に扱った結果、アンデッドを呼び寄せてしまった我々を。自業自得だと思うかい？」

どうやら僕が口を開かなかった原因を誤解してしまったようで、慌てて否定をする。

「いいえ、そんな事は微塵も思っていません。世の中には、それぞれの立場での正義があって……第三者から見ても、どちらが悪だと断定出来ない事は多々あります。ですが、今聞いたお話は……僕は子爵と子爵令嬢に対して、微塵も同情する事は出来ません。彼ら二人は青年だけでなく、その婚約者の幼馴染みという被害者を生んでいます。自分達の、とても身勝手な行動で。これがまだ、青年と令嬢が相思相愛だったのを子爵に反対されて……というのならば理解も出来たのですが。それにしても、注意と罰金だけという事は子爵は未だに現役当主なのでしょうか？　現在は自領地に？」

「ああ、そうだね。あそこはまだ代替わりはしていない。そろそろ今年最後の社交シーズンだからね……だいたいの貴族は王都に滞在しているはずだ。子爵も恐らくそうだろう」

「へえ……居るんですね、ここに……」

「蓮華くん？」

「いいえ、なんでもありません。料理、とても美味しかったです。あ、それでですね。実は明日お会いしたい方が居まして……この場所ってご存じですか？」

「ああ、それならここからまっすぐ西側に行った先の――」

「なるほど、ありがとうございます。遅くまで話に付き合ってもらってすみません。食器は僕が洗いますから、先にお休みになってください」

「そうかい、それじゃあお言葉に甘えて先に上がらせてもらうよ。蓮華くんも無理せずに休むんだよ」

僕は無理やり話題をそらしてからジョンさんを階上へと誘導した。多分、今はとてもひどい顔をしているので見られたくなかった。ジョンさんが部屋へ入ったのだろう音を聞きながら、僕はこっそり呟いた。

「子爵が……反省していると良いんだけど。まあ人はそう簡単に変われないとは思うけどね……特に貴族は」

◇

強制排出されたタイミングで日課の素振りと掃除をこなして……そしてもう一つ。なんと、『GoW』の公式サイトを確認するという技を覚えたのだ！

各種アップデートとか、イベントの日程告知とか、もろもろの情報が公式サイトに載っているみたい。前回色々調べた時は、外部の掲示板情報とかばっかりで公式サイトって一度も見た事がなかったなー、と。

ブラウザを開くと常に公式サイトが表示されるように、洋士が今日設定してくれました！　僕は労せずして情報を手に入れる事が出来る訳です。ありがとうございます。

「えーと、シヴェフ王国の王都クエストの日程決定……例のアンデッド襲来って王都クエストとかいう扱いなのか。なになに、『十二月二日の土曜日……現実時間午前十時襲撃予測』、『直前のメンテナンス時にイベント開始時間に対応したゲーム内時間の調整を行います』。なるほど、なるべく多くのプレイヤーさんに参加してもらう為にイベントは週末に調整したのかな？　正直いつ来るのか全くの未定だと思ってたから、張り込みしないとなー、なんて思ってたけど……時間が分かるのはありがたいな。やっぱりそういうところはゲームなんだなー。現実の襲撃なんて直前まで気付けないしね、大抵」

今は土曜日の夜だから、王都クエストまでは六日ほど余裕がある……。魔術師にうまく弟子入り出来たとして、どうにか骸骨さんを燃やせる程度まで持っていけるかなあ。

ああ、それとさっきはうっかりしていたけれど、子爵の家名と見た目も把握しておきたいなあ。もし本当に子爵令嬢が今回の件の引き金になっているのだとしたら――いや、そうでなかったとしても、森にアンデッドが出没して王都に向かってきていると聞けば、間違いなく子爵は娘の事を連想するはず。なにかしらのアクションを起こしそうなものだし、見張っておきたいからね。

「まあでも、普通の親なら無理心中事件のあと、自分の私財を擲《なげう》ってでも娘の遺体を連れ帰って神官に祈禱をしてもらうだろうに……それをしなかったのだから、令嬢が死んだ段階で興味を失ったのかもしれないな。典型的な貴族的考え……子供すらも自分の駒としか思っていなかったのかもしれない。それなら今回のクエスト中もなんのアクションも起こさないか？　いや、むしろ真っ先に逃げるくらいはしそうかな」

なんだか想像以上に胸くその悪い展開になりそう。全年齢対象のゲームでこんなストーリー展開が起こるとは微塵も思っていなかったなあ。それにちょっと、僕的にもクリティカルヒットというか、昔を思い出して余計子爵に殺意が芽生えるというか……。

でも考えてみれば、そもそも僕みたいに背景を気にしてわざわざ調べたりしなければ、ただ単純に「森にアンデッドが大量発生して王都を襲撃しにくる」というだけのよくある？　話なのか。

「子爵相手にイライラしたって、ゲームなんだから意味ないって分かってるけれど。どうにも冷静で居られないなあ……仮に反省してたとしても、結果として王都に被害が出てる訳だし、うっかり自分の感情に従って……しばくくらいしちゃいそう。反省してなかったら……はあ、子爵と顔を合わせる事がないように祈っておこう。手を出して鉱山労働なんかになったらキャラクターデリートしないと篠原さんに会えなくなりそうだし、再作成可能までの時間を考えたら凄く迷惑をかけるもんな……」

多分もうすぐゲーム内でも朝になるはずだから、今日は魔術師に弟子入りを許可してもらうまでを目標にしよう。

その前に、嫌な日課の方……血液でも飲みますか。飲める量を少しずつでも増やしておかないと、コクーン改造時の実験で小林さんに迷惑をかけちゃうしね。今日は二百五十ミリリットルを目標に頑張ります。

……結局ちょっと吐いてしまい、更には具合も悪くなってしまったのでお口直しに渋めのお茶を入れて飲みました。

【個スレ】名前も呼べないあの人【ＵＩどこぉ】

名前を呼びたくても呼べない、あの人に関する話題です。
なんでＮＰＣすら名前呼ばないの？　怖いんだけど。
※運営側も確認してあげてください。何だかおかしいです。

201【闇の魔術を防衛する一般視聴者】
リアタイで配信されてるぞおおおおおおお！

202【闇の魔術を防衛する一般視聴者】
先生、投げ銭が有効になっています！！！！

205【闇の魔術を防衛する一般視聴者】
すげえ勢いで投げられてるけどｗｗｗ
本人全く気付いて無くて草ｗｗｗ

206【闇の魔術を防衛する一般視聴者】
いやあ、ＮＰＣ卒業したあとの反応が楽しみっすわーｗ
「えっ何これ!?　普通の人の初期軍資金ってこんなにあったの!?」
とか斜め上のこと言いそう。

207【闇の魔術を防衛する一般視聴者】
>>206　さすがにそんなぼけかまさないでしょｗｗｗ気付くわｗｗｗ
……気付くよね？？？

208【闇の魔術を防衛する一般視聴者】
皆投げてる割に少額だから大金にならないだろうし、なんかすっごい天然そうだから本気で初期資金だと思いそうで笑ったｗ

209【闇の魔術を防衛する一般視聴者】
そもそもなんだけど、ＮＰＣなのに配信出来てるのなんでなん？

210【闇の魔術を防衛する一般視聴者】
＞＞209　バグじゃね。そんなん言ったら、キャラメイクしてるのにＮＰＣ扱いになってる時点でおかしいんや……。

◇

215【闇の魔術を防衛する一般視聴者】
本当に今更なんだけどさ、これ王都出て森で死闘繰り広げてまた王都戻ってくるまで、強制排出ログアウトの時も、すぐＧｏＷに戻ってきてるっぽいし、ほぼぶっ続けでプレイしてない？
森が怖かったんならゲーム内時間が朝になるまで現実で待ってれば良かったのにねｗｗｗ

216【闇の魔術を防衛する一般視聴者】
＞＞215　それはほら……食料難は彼的にも死活問題なんだろ。料理ありきでゲームしてそうじゃん。

217【闇の魔術を防衛する一般視聴者】
あと日光浴な。

218【闇の魔術を防衛する一般視聴者】
＞＞217　ほんそれ。なんだろうね、現実じゃ日光駄目なんかな？　アレルギーとか？
ただひたすら日光を浴び続けてる配信を見てた俺等もやばい奴なのでは……？（今更

219【闇の魔術を防衛する一般視聴者】
本当に人外説あるかもよｗプレイ時間的にも。不眠不休で生活出来るのやばい。

220【闇の魔術を防衛する一般視聴者】
日光駄目なら一、典型的なのは吸血鬼？　あとは幽霊？　色モノだとゾンビと骸骨。

221【闇の魔術を防衛する一般視聴者】
>>220　現実でゾンビと骸骨なら森でのビビり具合おかしーだろｗ

222【闇の魔術を防衛する一般視聴者】
幽霊がゲームできたらすごいよね。あ、だからこそのコクーン異常でＮＰＣ扱い？

223【闇の魔術を防衛する一般視聴者】
確かに幽霊で、一昔前の人とかならあのゲームに対する無知っぷりは納得できる。

◇

225【闇の魔術を防衛する一般視聴者】
誰も吸血鬼に触れないの草ｗ

226【闇の魔術を防衛する一般視聴者】
この選択肢の中なら吸血鬼が一番しっくりくるから何も言えなかった件について。
いや、人外って時点でありえないだろ！　とはなるけどｗｗｗ

227【闇の魔術を防衛する一般視聴者】
>>225　森の中？かどっかで蓮華君「僕も浄化されそうだから神官は……」みたいなこと言ってなかったっけ……。

◇

230【闇の魔術を防衛する一般視聴者】
蓮華くんも参戦（仮）予定かー。良かった良かった。

231【闇の魔術を防衛する一般視聴者】
>>230　気が早いわｗ　魔法の練習するって言ってただろ！
参加してもらっても、魔法が使えなきゃ状況変わんねーよ。

232【闇の魔術を防衛する一般視聴者】
無理だったらＮＰＣの神官さんとか魔術師さんとかがどうにか出来るまで足留めするしかないってことだよな。予備装備を大量にインベントリに入れとかないときつそう。

233【闇の魔術を防衛する一般視聴者】
我ら補給部隊の戦いは既に始まっているのだ……！（白目

234【闇の魔術を防衛する一般視聴者】
ポーション作りえっぐｗｗ
費用ギルド持ちで熟練度ガンガンあがるのは良いけどまじでえっぐｗ
自動作成とかないし、ちょっと蒸留時間ミスるとゴミが出来上がるし……。
これレベルあがったらある程度自動でどうにか出来るのか……？

235【闇の魔術を防衛する一般視聴者】
俺達鍛冶師もやべーよ、熱くて死ぬわ。
痛覚設定出来るなら熱さの設定もさせてくれよ。

236【闇の魔術を防衛する一般視聴者】
そういえば蓮華くんの痛覚設定ってどうなってんだ……？
てかギルド加入したけど未だにＮＰＣだったぞ？
大丈夫か？　コクーンの修理はどうなったんだ？

237【闇の魔術を防衛する一般視聴者】
痛覚……き、きっとプレイヤーのデフォルト設定レベルだよ、うん（震え声
ＮＰＣが怪我したときめっちゃ痛がってたけど……そっちに合わせてないはず……（白目

◇

245【闇の魔術を防衛する一般視聴者】
おい、どっかの馬鹿がギルドで蓮華様に声かけてたぞ!?

246【闇の魔術を防衛する一般視聴者】
>>245　蓮華様……？ｗ
配信に映ってたあいつか。ファンって……これ【配信】のファンだよな？
相方っぽいやつがフォローしてたけど、まさか本当にスケルトンを背負ってたことに憧れたわけじゃねーよな。

247【闇の魔術を防衛する一般視聴者】
すいませんっしたあああああああああああああああああああああ。
本物が目の前に居て感極まって思わず声かけちゃいました！
あの後友人に、「ＧｏＷやめたらどーすんだ」って言われて事の重大さに気付きました……。

248【闇の魔術を防衛する一般視聴者】
>>247　分かれば宜しい。次からは気を付ける様に。
友人君、君は立派な同志だ。

249【闇の魔術を防衛する一般視聴者】
いや、どこの軍隊？ｗ　宗教か？
有名になるにつれてやべー奴が集まってきてこえーよｗ
俺だけが蓮華君のこと知ってたのに……

250【闇の魔術を防衛する一般視聴者】
>>249　安心しろ、お前も十分やべーやつだよ。

◇

281【闇の魔術を防衛する一般視聴者】
ええ……ちょっと突然の鬱展開について行けない件について。

282【闇の魔術を防衛する一般視聴者】
王都クエストにこんな裏話が……。
いや、でも普通に考えたらそうだよな。
突然森にアンデッドが降って湧くなんてあり得ないし、背景がある筈だよな……。

全然そんなの気にしてなかった。

283【闇の魔術を防衛する一般視聴者】
これって単純に防衛成功すれば良いって話なんかな？
「元凶を突き止めてどうこうしましょう」とか隠しクエスト的なのあるのかな。

284【闇の魔術を防衛する一般視聴者】
まーそれがあるとしたら現時点で一番近いのは蓮華君だよなー。
子爵家が原因じゃない？ってとこまで聞けたわけだし。
アンデッド発生時に別の人がギルドに報告しても駄目だったんだから、隠しクエストがあったとしてもフラグ立てた人じゃないと達成出来なさそう。
ただ、達成したところで蓮華君の画面には通知とか出ないだろうから気付かない疑惑。

289【闇の魔術を防衛する一般視聴者】
黒い！黒いよ！
「へえ……、居るんですね、ここに」

290【闇の魔術を防衛する一般視聴者】
子爵死亡フラグ発生……。

291【闇の魔術を防衛する一般視聴者】
だとしてもこの話が本当なら一ミリたりとも擁護できないだろ、この子爵。
むしろ蓮華君が手を下したとして、罪に問われないか心配。
ギルドは治外法権っつってたけどギルド内で処罰されるような規定ないのか？　大丈夫か？

292【闇の魔術を防衛する一般視聴者】
「元凶を突き止めてどうこうしましょう」＝「子爵を消しましょう、世界から」とかだったら笑う。

293【闇の魔術を防衛する一般視聴者】
>>292　全年齢対象ゲーでそれはありうるのか？ｗ
未成年はフィルター自動適用で傷口がポリゴン処理されてればＯＫ？
シナリオ内容とか規制対象外？ｗ

294【闇の魔術を防衛する一般視聴者】
>>293　未成年は発生しないクエとかもありそうではある。ただまあ過度な性的描写とか残酷描写が発生するとは思えないし、クエスト発生に年齢制限を設けてるかは微妙だと思うけど。
今回のクエストも深く突っ込まなければただ単にアンデッドが襲撃してきただけの話だし、不都合はない。仮に子爵云々〜の話を未成年が突き止めたとしても、話聞くだけで規制って事はないと思うんだよなあ。
まあどっちにせよ……このご時世、規制したところでもっと過激なのを普段から自分で調べて見てるだろうし、ぶっちゃけあんま意味ないよね。

295【闇の魔術を防衛する一般視聴者】
今更気付いたけど、配信動画もちゃんと配信者本人のグロテスク表現設定に合わせて自動で視聴年齢規制入ってるのね。蓮華君はグロテスク規制全くしてないから余裕のＲ18でしたわ。

296【闇の魔術を防衛する一般視聴者】
まあ……設定する方法無いからな、彼のゲーム画面には。

【配信雑談】配信について語り合うスレ2

配信雑談スレッドです。配信関連であればご自由に。
同じ配信者に関する話題が続くようでしたら、別途個別スレッドも検討しましょう。
荒らし・暴言、動画の無断転載は禁止です。
※運営側も時々確認しています。発言には気を付けましょう。

364【配信者に憧れる一般視聴者】
わいが最近ハマっている配信者はこの人！　[リンク]
黙々と敵を屠るアーチャー系女子！　しびれるー！

365【配信者に憧れる一般視聴者】
>>364　へー、本当に弓オンリーなんだ。なんでエルフにしないで人間にしたんだろうね。
アーチャーやるならエルフのが弓の熟練度上昇率も高いのに。

366【配信者に憧れる一般視聴者】
>>365　ソロ活動かつ魔法覚えるつもりもないみたいだし、元々こんだけ弓うまいなら熟練度上昇率の為にエルフ選ぶメリットがない。
むしろ力とか防御関連の熟練度上昇率が低い＝恒久デバフみたいなもんだし。
銀髪に青緑の瞳ってキャラメイクだし、一応エルフは意識してるんじゃない？

367【配信者に憧れる一般視聴者】
>>365　魔法も弓も遠距離っぽいし弓が上手けりゃ魔法やるより近接鍛えた方が良いからな。
エルフ選んでも良い奴って、むしろ現実で体術系に自信ある奴か？
魔法覚えたらオールマイティになれるから強そうだな。

368【配信者に憧れる一般視聴者】

もしくはアシストとか補整を嫌ったかだな。

今でこそ自分でオンオフ出来るって情報出てるけど、サービス開始時にはそんな情報無かったわけだし。

パッシブで補助がある＝既にある程度熟練度高い人にとってはむしろ煩わしいってイメージある。

この人がどこで弓術身につけたのかは知らんが、現実で大会とか出てるならゲーム補整に頼った変な癖がつくのを嫌ったんじゃないか？

369【配信者に憧れる一般視聴者】
なるほど把握。
でもどのゲームでも思うけど、種族で制限あると純粋に見た目で選べなくて辛いよな……。

370【配信者に憧れる一般視聴者】
>>369　逆にエルフって種族が好きじゃない可能性も微レ存。
キャラクリはたまたまエルフっぽくなっただけで、自分の好み選んだだけとか。

371【配信者に憧れる一般視聴者】
>>370　エ、エルフ好きじゃないやつなんか居るのか……!?

372【配信者に憧れる一般視聴者】
>>369　熟練度は種族変えたって引き継がれる。
本当に好みの見た目で堪能したいなら、初めに熟練度上昇しやすい種族選んで、ある程度上がってから好みの種族に変えてしまえば良い。

時間はかかるし種族変更に若干金がかかるけどな。

それが嫌なら現実で努力するか……飛行とか魔法以外の熟練度なら現実でどうにかなるし。

Side：ヴィオラ．一

「ふーん……。少し雰囲気は違うみたいだけど……どこをどう見てもこの男、私に道を聞いてきた間抜けな吸血鬼よね」

最近プレイしているVRMMORPGが公式提供している配信サイトを見ながら私は思わず呟いた。

あれは忘れもしない、三百年前の事。

この男は私が住んでいた山奥の、エルフの集落を訪れた。けど同族は皆、「吸血鬼がエルフについて探っている」という情報を入手していたらしく、集落を捨ててどこかへ消えてしまった。

私がちょっと集落を離れて狩りをしている一週間の間に……。

「確かに私は落ち零《こぼ》れのクズエルフかもしれないけど、吸血鬼が迫っている時にも知らせてくれないくらい嫌われているとは思わなくて、しばらく呆然としたわね、あの時は……」

「魔法が使えないエルフなんて」、「見た目すらも私達とはなに一つ似ていない」とよく責められたものだ。最初こそ両親は私をかばってくれたけど……敵意を向けられる事に耐えられなかったのだろう。周りの同族と一緒に私を蔑む側に回ってしまった。

「他とは違う私が悪かったのかしら。それとも、いつまでも違いを受け入れる事が出来ない同族が悪かったのかしら……」

私は足手まといにならないように弓の腕に磨きをかけた。弓であれば他の誰よりも上手い。そう自信を持って断言出来るレベルに到達した。

けど、魔法を手足のように使うエルフにとって弓なんてものは機動力、殺傷能力共に魔法に劣る。あくまでも魔法が使えない時の緊急時や、魔力による影響を周囲に与えたくない時の代替手段でしかない。

見た目に関してもそうだ。エルフの象徴たる長い耳も、輝くような艶のある髪も私は持たない。あるのは人間そっくりの丸い耳と、これまた人間にはよく見かける、艶のない赤茶の髪の毛だけ。だから私は、皆が集落を捨てるその日までついぞ一度も同族に認められる事がないまま終わってしまった。

それこそ、置いていかれた最初の頃は「吸血鬼が自分達を捜していたせいで捨てられたのだ」と、名前すら知らない彼を恨んだけど……。今ならそんな事はないのだとわかる。きっと彼らは別の機会にでも私を見捨てていたはずだ。

見た目が人間そっくりである事を武器に本格的に人里に下りてみて初めて気付いた事は、なにも無理に同族と一緒に暮らす必要はなかったという事だった。

自分を嫌いな人達に無理に合わせて、こびへつらってついていく必要はない。自給自足をしながら一人で生きていく事だって出来るのだという事を、人間の住む地で学んだ。

それ以来、各地を転々として過ごして――、今は日本に居る。サブカルチャーの発展がすさまじく、暇潰しにはもってこいの国だったから。

頼れる人も友人も居ないし、戸籍も他人の物を買って生活しているけど。これはこれで誰の顔色も窺う必要がないので、気楽で割と気に入っている。

でもまさか、こんな所で昔会った人物を見つけてしまうとはね。

「しかもなにが腹立つって……この男、ゲーム内とはいえ、私が出来なかった魔力感知をさらっと習得してるし、もうすぐ魔法も使えるようになりそうなのよね」

事前の下調べで、このゲームでの魔法の修行方法はエルフの修行方法と酷似している事を知った。だから私はゲーム内ですら魔法を使う事を諦めて弓術を選んだのだ。

「しかもしれっと人間プレイだし、日光浴してるし、料理がめちゃくちゃ上手いし……なんなのこの男？」

かくいう私もエルフではなく人間を選んだけど。ゲーム内でまでエルフなんか見たくもなかったから。見たくもなかったはずなのに……いざ出来上がったキャラクターがエルフっぽい事も私の自尊心をひどく傷つけた。

「この男もそうなのかしら？」

――吸血鬼の自分に嫌気がさしている？

「そもそもなんでエルフを捜していたのかしらね……」

まさか、自分を殺してくれる相手を探していたとか？

そんな訳ないか。それこそ創作物の見過ぎよね……。

「それにしても、システムメニューが開けない段階で運営に連絡しなさいよね。なんで第三者からの問い合わせで運営が動いてるのよ……相変わらず馬鹿な吸血鬼ね」

なんというか、ゲーム初心者というよりも技術全般に疎そうなにおいがぷんぷんする。

まあでも、私もシヴェフ王国をスタート地点に選んだから彼の配信がとても有益なのは確か。ゲーム慣れしていないからこそNPCに対して人間同様の接し方をして、色々な情報を得る事が出来ているのでしょうし。

とりあえず、弓術は対アンデッドとしては絶望的なので今回の王都クエストについては、エルフの集落で培った薬学の知識をフル動員してポーションを製作し、補給部隊として貢献する事にしている。とはいえ、貢献度を大量に獲得するならば、もう一声欲しいところ。

……子爵の件について、掲示板で言われている通り裏事情を知っているプレイヤーだけが隠しクエストを達成出来るのであれば、今のうちに私もその条件を満たしておきたい。

「エリュウの涙亭で食事でもしてみようかしら。蓮華《あの男》の行動にも興味があるし、運が良ければ会えるでしょう」

そういえば彼はまだNPC扱いだと掲示板で騒がれていたわね……。今回の王都クエストはどうするつもりかしら？　今のところ蘇生に関する情報は魔法もポーションも出回っていないから、死んでも蘇生出来る保証はないけど。

勿論、私もあらゆる手を尽くして蘇生用ポーションの製作を試みたけれど上手くいってはいない。私が知る限り現実にそんな物は存在しないし、知識を活かすにも限度があった。

「そうねえ……治癒ポーションを個人的に渡す、と言って近付くのも手かしら？」

彼に配信の話をしない限り、彼のファンに恨まれる事もないでしょう。上手くいけば彼の人気にあやかって私の配信の視聴者数もあがって収益も増えるかもしれないし、仲良くなればいち早く情報を手に入れられる立場に立てる。まさに一石二鳥。

「サブカルチャーを楽しむにもお金が必要なのよ。推しを推したいのに推す金がないが故に推しが活動を終了するなんて悪夢、もう二度とごめんだわ」

そうと決まれば今日はポーション作りに専念しよう。少しでも熟練度をあげて品質の良いポーションが作れれば、貢献度獲得も出来るし、彼に近付く口実としても悪くない。

陸．弟子入りと仮パーティ

「そう、良い感じだ。なんだお前、思ったよりも飲み込みが早いな。ぼやぼやしてるからもっと勘の方も鈍いかと思っていたんだが」

「ぼやぼやは余計ですけど、褒められるのは嬉しいものですね」

にこにこと笑いながら僕が答えると、師匠《シモンさん》は面白くないと言わんばかりに鼻を鳴らした。

ダニエルさんに頼まれたという事もあり、土曜日の夜、早速貰った紹介状を持参して王都の魔術師の所を訪ねた。今は現実世界では火曜日の夜。無事に弟子入りしてからゲーム内ではおよそ十日といったところか。

口では割と人の事を馬鹿にしたような物言いをするけれど、追い出すでもなくしっかり教えてくれている辺り根はとても良い人なのだろう。どことなく洋士に似たような雰囲気を持っているからか、勝手に親近感が湧いている。

本来は先に、もっと基礎的な事を学ばなければいけないらしい。でも、「今は対アンデッドの為に手っ取り早く焼き尽くせる方法を学びたい」という僕の意を酌んだ指導をしてくれていて、本当に感謝してもしきれない。

「本来はこうやって魔法の型を教えるのは推奨されていないんだ。絶対にアンデッドのいざこざが終わったら今回教えた事は忘れろ、良いな。再度基礎から学び直させてやる」

シモンさん曰く魔法の根本は想像力であり、それが欠如している者はたとえ保有している魔力が多くとも上へはいけないらしい。

僕が今教わっているのは、魔法の型。つまり、よくあるファンタジー小説とかに出てくる、完成された魔法の技の事。最初にこういうものを教わってしまっては型通りの魔法しか使えず、想像力が育たない為ご法度なのだと言う。

シモンさんの言う事はもっともだと思う。例えばよく聞く「アローレイン」とか。狭い、洞窟のような場所で使おうとしても、上から大量に降る「アローレイン」は上手く発動出来ないだろう。そうなってから慌ててもまともに解決策を思いつくのは難しい。

普段からその時その時の状況に合わせて想像力で魔法を行使していれば、こういった事態は防げる。シモンさんはそう言いたいのだ。

「師匠、質問なのですが。先日光魔法もどきを発動したんですが、冒険者ギルドのマスター曰く、神聖魔法のようだと言っていました。強く願う事で成功しやすいと言っていましたが、今いちピンとこなくて……」

「教会に居るお偉方は「神聖力」なんて物があると吹聴して回っているが実態は魔力、光と水の複合魔法の一種だ。その上で魔法の発動者が強い魔法をぶっ放したいと思えば攻撃力の高い魔法になるし、誰かの怪我を治したいと思えば神聖魔法と呼ばれる物になる。それだけだ」

「じゃあ、よく聞く……生まれつき相性が良い属性魔法があったりとかは？」

「なんだそれ？　聞いた事もないな。まあ、相性と言えば相性か？　例えば火を怖がるやつが、魔法を使う時に火魔法なんか使わないだろ。そういう意味では相性があるかもしれないが、ひとつの属性の魔法しか使えない、なんて決まりはない。ま、天族・地族、吸血鬼辺りなんかの例外はあるが」

「じゃあ、今師匠から教わっているこの型も、火じゃなくて風とか、それこそアンデッドを浄化したい！　とか願いながら行使すれば、神聖魔法が発動するって事ですか？」

「お、良い考え方だな。そういう事だ。だから型に囚われるなと言っているんだ。手っ取り早くお前がアンデッドを燃やしたいと言ったから火魔法で扱いやすい魔法の型を教えたが、別にこの型で神聖魔法をぶっ放してアンデッドを根こそぎ浄化したって良い訳だ。まあ、神聖魔法なんてものは結果しか目に見えないからな、初心者が成功させるのは難しいだろうが。教会のお偉方が、『自分達は選ばれし者だ』なんてエリート意識を持っているのもそのせいだな」

シモンさんは教会に対して余り良いイメージを持っていないようだ。魔力を神聖力だと偽り、唯一無二性を謳っているのだからそう思うのも当然か。

それにしても基礎の基礎、魔力を感じるところまでのハードルは異常に高いけれど、それさえ出来てしまえばあとは想像力次第でどうとでも出来るようだ。もしかして魔術師はかなり強いのでは？

あ、でもそもそもの大前提を聞いていなかった。

「魔力の量って生まれつき決まっているんですか？」

「まああるる程度は決まっているといえば決まっているが……。それは途中で諦めるからだな。絶対的に『こいつはこれだけの量』と決まっている訳ではなく、増える速度に個人差があると言った方が正しいかもしれない。例えば、素質があるやつと素質がないやつ、生まれ持った魔力量が同じと仮定して、毎日同じだけ魔法の練習をしたとする。五日後にどちらの方が魔力の量が多いかと言えば、素質があるやつだ。素質がないやつは、魔力の量が増えるまでにえらい時間がかかる。だから力の差が開いていく。どちらも努力を怠らなければ、素質のない方は、一生勝つ事が出来ない」

シモンさんの言葉に僕は頷いた。

「だが、素質のあるやつが自分の才能にあぐらをかいて練習をしなかったとする。素質がないやつが諦めずに毎日努力を続けていたとすれば……十年後には素質のない方が魔術師として大成しているだろう」

努力は裏切らないって事か。その辺りは勉強とか剣術とか、他の物事でも言える事だと思う。

「素質のあるやつが比較的多いのがエルフという種族だ。反対に、ドワーフは素質がないやつが多いな。同じ種族の中でも天と地ほどの差があるから、一概には言えないが。人間は比較的普通だ。よくも悪くも努力さえしていればまあまあ良いところまで行くやつが多い。まあエルフと比べたら絶対的に寿命が短いからな。どこまでいけるかと言えば……察してくれ。あとは見た目にも表れるらしいな。統計学的には、黒髪黒目に近い者の方が魔法の素質が高いと言われている。お前みたいな、な」

僕の髪の毛を見ながらシモンさんが言う。選択する種族で熟練度の上昇率が変わるのだから、キャラメイクも影響するのだろうか。なんだか僕の意思に関係なく魔法を鍛えるべき状況に向かっているような……。

「よし、じゃあ今日はここまでだ。帰っても復習しろよ。あと想像力を鍛える為に色んな物を観察しろ。物も生き物も関係なくとにかく片っ端からだ。無から有を生み出すより、既に知っている有を再現する方が早いんだ」

「分かりました、今日もありがとうございました。また明日、いつもの時間に来ます」

「いらっしゃ……お、蓮華くんおかえり。夕飯食べるかい？」

「ただいま戻りました。是非お願いします！」

僕はもう、この店の洋食がないと生きられない身体にされてしまいました。

冗談はさておき、店に入った瞬間からなにやら視線を感じる気が……。ギルドはともかく、ここ《エリュウの涙亭》でこんなにあからさまな視線を感じる事なんてなかったんだけどなあ。

なんて思っていたら、視線の主がこちらに一直線に向かってくる。ものすごく顔が怖いのだけど。決闘？　決闘を申し込んでくる気ですか？

「あの！　蓮華さんですよね？」

「あ、はい。僕の事を知ってるんですか？」

「そりゃ貴方有名だもの……あー、アンデッドの件で」

「ああ、なるほど……？　それで、僕になにか？　決闘ならお断りです」

「決闘？　別に貴方とやりあいたくて話しかけた訳じゃないわ。ただちょっと……取引を持ちかけに来ただけよ。それにしても貴方本当にＮＰＣなのね」

「え？　あー、そこも有名になってるんですか？　お恥ずかしい限りで……どうもコクーンの不具合みたいです。修理に結構時間がかかるみたいで、それまではＮＰＣのままですね。それで、取引ってなんでしょう？　立ち話もなんですから、座りましょう。あ、夕飯は食べましたか？　こちらのお店の洋食は絶品ですよ！」

そうしてこの店の売り上げに少しでも貢献するのだ！　潰れたら泣くからね、僕が。

「あ、ありがとう。そうね、えっと、本日のシチューにするわ」

「ジョンさん、シチュー一つ追加でお願いします！　……それじゃ、まずは自己紹介からしましょうか」

「あ、そ、そうね……突っ走りすぎたわ。私はヴィオラ。人間族でメイン武器は弓。あとは調合でポーションを作ったり」

「知ってるみたいだけど、僕は蓮華。人間族でメイン武器は片手剣。本当は刀が欲しいところだけど金欠で……。まあ、その剣もアンデッドの一件で壊れちゃったから、今は骸骨さんの腕を借りてます。あとは魔術師に弟子入りして、魔法の勉強中です」

「本当に当たり前のようにスケルトンの腕を腰に差してるのね……。えっと、自己紹介も済んだし本題に入らせてもらうけど……私とパーティを組まない？　弓だけじゃ近寄られたら厳しいし、接近戦が得意な人とパーティを組みたいのよ。見返りは私が作ったポーション。NPC状態で死んだら大変そうだし、そんなに悪くない取引だと思うんだけど」

「不勉強で申し訳ないんですが……そもそもパーティってなんですか？　いや、概念的なものは読んでた小説に出て来たのでなんとなく分かるけれど、このゲームってキャラクターレベルとかはないですよね？　組むメリットがなんなのか、確認しておきたくて」

「ゲームの知識を小説から得てるってなかなか斬新よね……じゃなくて……そうね。このゲームでパーティを組むメリットは、私が知る限りでは大まかに二つ。一つは、パーティメンバーが上げている熟練度は、自分も少しずつ上がる事。例えば私が貴方とパーティを組んだ状態で弓を使ったら、貴方にも弓の熟練度が若干入る。勿論、自分が使ってる訳じゃないからあくまでも少しだけどね。戦闘系だけじゃなくて、調合・料理とかの生産系統の熟練度も含まれるみたいよ。多分、見てるだけでも少なからず理解度も上がる……とかそういう考え方じゃないかしら。まあ不思議な事に、パーティを組んでいないと他のプレイヤーの動きを見ても熟練度は上がらないけどね」

つまりパーティバランスが良ければ様々な熟練度が上がり、反対に同系統の熟練度を有するパーティであれば主力の熟練度が若干上乗せされて上がるのだろう。ヴィオラの説明に僕は頷き、続きを促した。

「二つ目が、冒険者ギルドでのメリット。依頼を受ける時の手数料は、一律依頼料に対するパーセンテージで計算されるから、パーティで受けた方が割り勘出来て安くなる。勿論その分、報酬も割り勘になるというデメリットもあるけど、ソロよりもパーティの方が依頼が受けやすくなるから相殺出来ると思う。例えば一つの依頼に対して冒険者が殺到した際の基準として、成功率を考えてソロよりパーティの方が選ばれやすくなるの。勿論、実力に対して難易度が低い依頼なら関係ないでしょうけどね。あとはまあ私が女だから、女性の護衛依頼とか受けやすくなるかもしれないわね。それとこれはあくまでも風の噂だけど、パーティの方がランク昇級の評価に有利、とも聞いたわ。まあ、あくまで噂で検証は出来てないけど。これで答えになったかしら？」

うーん……、パーティのメリットは分かった。けれど、彼女が突然僕に声をかけてきた理由は全く見当もつかないなあ。

「メリットは分かりました。でも何故僕なんですか？　近接系を主武器としてるプレイヤーなら他にもたくさん居るかと思いますが」

「それは……単純に面白そうだと思ったからよ。今回の上都クエストだって、多分本来はもっと別な筋書で発覚してただろうし。貴方の側に居ればその型破りな行動で想像出来ないような展開を引き起こしてくれそうだってね」

これが本心なのかは不明だけれども、なにかとんでもない期待をされている気がする。というか僕は単純にプレイヤーに知り合いが居ないし、メインクエストとやらも受けていないから自然とNPCと仲良くなっただけ。依頼だって僕が聞いたというよりもジョンさんからお願いされただけだし、型破りな行動なんて一切した覚えはないんですが？　他のプレイヤーからはそういうふうに見られていたのか……。地味にショック。

「まあそれだけが理由って訳じゃなさそうですけど……。死亡時の取り扱いについては、コクーンの修理が終わるまではGMが特別に蘇生してくれるようです。なので心配には及ばないですが……確かにGMの手をわずらわせるのも申し訳ないので、ポーションの類いを貰えるのであれば助かります。うーん、そうですね。じゃあ今回の王都クエストが終了するまで臨時でパーティを組みましょう。正式に組むかどうかはクエスト終了後に決めるという事で、どうですか？」

「分かったわ、じゃあそれで。フレンド申請……は出来ないわね。ウィスパーチャット……も無理だから、毎日ここで待ち合わせする形？　でも貴方は今魔術師に弟子入りしてるのよね？　どうすれば良いかしら」

「どうせなら明日、師匠の所に一緒に行ってみますか？　もし他に用事がなければ、ですけど。パーティさえ組んでいれば僕が魔法を学んでいる間、ヴィオラさんの熟練度も若干上がるんですよね？　今のところ魔法を使うご予定はないかもしれないですけど、熟練度は上がったからといって困らないものですし」

「……そうね、そうするわ。ところで誘っておいてなんだけど、NPCの貴方とパーティが組めるのか分からないのよ。今ちょっと試してみても良いかしら？」

え、まさかのそこから？　結構自信満々で誘ってきたからなにかしらの確信を持っているのかと思ってたんだけど。

「ど、どうぞ……でもご存じの通り、僕はメニュー的な物はなにも使えないですよ？」

「護衛依頼を受けた時とか、臨時でNPCとパーティ組んでいたから口頭でもいけるかなってちょっと思ってて。えーと、蓮華さん、私とパーティを組んでいただけますか？」

「はい」

「あ、出来た。こっちの画面ではちゃんとパーティを組めているわ。ログアウトしても維持はされるから、これで貴方の現在地は分かるし……一応明日もここに来る予定だけれど、遅れたら直接魔術師の所へ向かうわ。それで良いかしら？」

「分かりました、ではそれで。一応、いつもゲーム内時間で朝八時にここを出ています」

「そう、分かったわ。……それにしてもここの料理、美味しいわね。出発前に朝食も食べられるかしら？」

お、なかなか見る目が……いや、感じる舌が？　あるなあ。早速ジョンさんの料理の虜《とりこ》になっている。夕飯に誘ったかいがあった。

「六時からオープンみたいなので食べられますよ。モーニングは焼きたてのパンも出るので是非」

「良いわね……明日は早めに来るわ。ところで今日これからの予定は？　貴方さえ良ければなにか二人で依頼を受けない？　といっても王都クエストの影響で、まともに受けられる依頼は西の食肉調達くらいでしょうけど」

【配信雑談】配信について語り合うスレ2

配信雑談スレッドです。配信関連であればご自由に。

同じ配信者に関する話題が続くようでしたら、別途個別スレッドも検討しましょう。

荒らし・暴言、動画の無断転載は禁止です。
※運営側も時々確認しています。発言には気を付けましょう。

397 **【配信者に憧れる一般視聴者】**
わ、わいの推しが男と仲良くしている……。

398 **【配信者に憧れる一般視聴者】**
誰のことだ……。

399 **【配信者に憧れる一般視聴者】**
>>398 ［リンク］
最近配信ないなっておもってたらプライベートでバグプレイヤーと仲良くしてたでござる。

400 **【配信者に憧れる一般視聴者】**
あー……蓮華くんと最近つるんでる女子か。

あっちの個スレは個スレでなんか荒れてたな。

401 **【配信者に憧れる一般視聴者】**
あれは荒れてたって言うの？

最初こそ「どこのあばずれだ!!」みたいに騒いでたガチ恋勢もなんかすぐ鎮火したけど。

402 **【配信者に憧れる一般視聴者】**
世話焼きのおかんみたいになってるからな、あの子。

あそこのガチ恋勢はちょっと特殊な訓練を受けているので、可愛い天然枠で愛されてる蓮華くんのポジが脅かされなければ良いのです。

「きゃーこわーい」みたいな女子が来て、蓮華くんが(｀・ω・´)キリッてしちゃったら多分炎上する。

403【配信者に憧れる一般視聴者】
あの人可愛い天然枠なの？　俺この間たまたまみた配信がアレすぎてそんなイメージないんだが。
「へえ……、居るんですね、ここに」が未だに頭にこびりついて離れない。
子爵が子爵じゃなくなる未来しかみえんのだが……。

404【配信者に憧れる一般視聴者】
あれは確かに予想外で皆ざわついてたわｗｗｗ

405【配信者に憧れる一般視聴者】
そんなことよりわいの推しが配信してくれないんですけど！！！！

406【配信者に憧れる一般視聴者】
>>405　蓮華くんの配信みれば解決するぞ。[リンク]
男と仲良くしている姿を見るか、配信を見るのを諦めるか、二つに一つだ……！

407【配信者に憧れる一般視聴者】
>>406　鬼畜過ぎワロタ。ガチ恋勢にそれはやめてやれよｗ

【個スレ】名前も呼べないあの人【ＵＩどこぉ】

名前を呼びたくても呼べない、あの人に関する話題です。
なんでＮＰＣすら名前呼ばないの？　怖いんだけど。
※運営側も確認してあげてください。何だかおかしいです。

310【闇の魔術を防衛する一般視聴者】
誰よこの女！！

311【闇の魔術を防衛する一般視聴者】
誰ぞこの女！！！

312【闇の魔術を防衛する一般視聴者】
誰だこの女！！！！

◇

333【闇の魔術を防衛する一般視聴者】
想像以上にガチ恋勢いて草ｗ　ここの配信者だな。［リンク］
弓が超絶上手い人。
どう見てもこの人も蓮華くんの配信見てる感じがするよなあ。
あとマジレスすると、キャラの見た目が女性だからって中まで女性とは限らないだろ？
まあそれを言ったら蓮華くんが男とも限らないわけだが。

334【闇の魔術を防衛する一般視聴者】
そんな事はどうでもいいんだよ、中身は関係なく蓮華くんが良いんだ！
だから俺らの蓮華くんに何近付いてんだよって話だ!!

335【闇の魔術を防衛する一般視聴者】
そんなキレるくらいなら蓮華君に直接話しかければいいだろ

336【闇の魔術を防衛する一般視聴者】
俺は公国民なんだあああああああああああああああああ

337【闇の魔術を防衛する一般視聴者】
俺は帝国民なんだああああああああああああああああああああ

◇

351【闇の魔術を防衛する一般視聴者】
お、おお……王国以外にも結構ファンいるんだな……

352【闇の魔術を防衛する一般視聴者】
お前等どうせ王国スタートしてたとしても話しかける度胸ねーだろ。

353【闇の魔術を防衛する一般視聴者】
その通りだよ！！！！！悪いか！！！！！

354【闇の魔術を防衛する一般視聴者】
悪かねーがそれなら話しかけた奴に文句言うなよっていう……

◇

362【闇の魔術を防衛する一般視聴者】
個人的にはこの人なら良い。
「蓮華くーん、私こわいー」みたいな人なら許さなかった。

363【闇の魔術を防衛する一般視聴者】
>>362　その心は。

364【闇の魔術を防衛する一般視聴者】
>>363　この人オカンみたいじゃん。いつまでも無垢な蓮華くんもいいけどいい加減もうちょっと知識あっても良い感はあった。特に王都クエスト参加するなら。
ＧｏＷというかゲーム全般の基礎知識が全くないみたいだし、コクーンの修理終わって正式にプレイヤーになったあとが不安だった……。

365【闇の魔術を防衛する一般視聴者】
>>364 「小説に書いてあった」とかよく口にするよね。知識が全部小説ベースなんだなーってずっと思ってたw

366【闇の魔術を防衛する一般視聴者】
むしろこの女性ゲーム玄人《くろうと》感あるよね。単純に弓が上手いだけかと思ってたけど、全体的な立ち回りが。
ただ、「弓だから近付かれたら終わり」ってパーティ組みたい理由あげてたけど、お前絶対嘘だろってくらい一人で十分なんだよなっていう。

367【闇の魔術を防衛する一般視聴者】
練習中とか言ってる四本の矢を一度につがえるやつは何なの？
チート過ぎて草すら生えないんだけど。

368【闇の魔術を防衛する一般視聴者】
まー少なくとも戦闘面で蓮華君の足引っ張らないし、見ていて安心感はある。
むしろ蓮華君の方が弓職と連携初めてだろうから攻撃当たるんじゃないかってひやひやする。

369【闇の魔術を防衛する一般視聴者】
スケルトンの腕が、蓮華くんに当たりそうな矢を掴んで防いでたのまじでシュールすぎて腹抱えて笑ったんだがｗｗｗｗｗ

370【闇の魔術を防衛する一般視聴者】
実質三人パーティな件についてｗｗｗｗ

【総合雑談】ＧｏＷについて熱く語る３【暴言禁止】


雑談スレッドです。特にジャンル縛りはないので、ご自由に。

荒らし・暴言禁止です。
※運営側も時々確認しています。発言には気を付けましょう。

201【名無しの一般人@シヴェフ王国民】
シヴェフの王都クエスト準備の進捗は？

202【名無しの一般人@シヴェフ王国民】
そこそこハンマー使いは見かける。戦闘部隊の数もまあまあ期待出来るんじゃないかね。
まあ、足止めにしかならんけど。

203【名無しの一般人@シヴェフ王国民】

ポーション類はけっこう納品出来てるし多分……足りるんじゃないかなあ。

品質は保証できないけど。

相変わらずＭＰポーションは作れないね。使用する材料的に、在庫が足りなくて厳しいらしい。自生してる場所が場所だけに高ランク冒険者に採りに行ってもらう必要があるけど、今は緊急事態だから材料のために高ランク冒険者を王都から出すわけにはいかないってさ。

そもそもＭＰポーションを必要とするのは神官か魔術師で、どっちも自分達で基本的に製作してるから補給する必要もないだろうって話になってる。

なおプレイヤーのことは考えられていない……つってもそもそも魔術師プレイヤー皆無だから問題ないっちゃ問題ないのかな。

204【名無しの一般人@シヴェフ王国民】
食肉に関してはまあまあ順調かなあ。相変わらず値段はたっかいままだけど、食事処で肉が注文出来るようになった。

205【名無しの一般人@シヴェフ王国民】
肝心の魔術師の方は……。

206【名無しの一般人@シヴェフ王国民】
ＮＰＣ神官が十人。ＮＰＣ魔術師が十五人。他は出払ってて王都に居ないらしい。
あとはプレイヤー次第。ぶっちゃけアンデッドがどんだけ来るのかが分からんから……。

207【名無しの一般人@シヴェフ王国民】
でもこれあんまＮＰＣ前面に出られても困るよね多分？
頼みの綱のＮＰＣがやられたらどうにもならなくなるから、俺らで護らないといけないわけだろ？

208【名無しの一般人@シヴェフ王国民】
そう、だからプレイヤー魔術師求む……。
今の状況どんな感じ？

209【名無しの一般人@シヴェフ王国民】
一人（某ＮＰＣプレイヤー）は完全に戦力になりそうなレベルかなー。
魔術師に弟子入りしてるし。でも彼ＮＰＣだから前面に出られたら結局困るのでは……。
他は分からん……そろそろ魔法の一つや二つ使える人出て来ても良い気がするんだけど。

210【名無しの一般人@シヴェフ王国民】
そもそも魔術師に弟子入り出来てる人どんくらい居るの？
いきなり訪ねていって「弟子入りさせてください！」っつったら断られたわ。
王都は体内の魔力が感知出来るレベルじゃないと弟子入りさせてくれないっぽい。
多分始まりの町とかでフラグ立てとかないと駄目だったんや……。

211【名無しの一般人@シヴェフ王国民】
まあその始まりの町で魔術師にちょろっと教えを請うた人達が「魔力なんか一生感知出来るか！」っつってそうそうに別の武器使い始めた訳ですが……。

212【名無しの一般人@レガート帝国民】
これみた？　[リンク]
えんちゃんとまじーっく！

213【名無しの一般人@シヴェフ王国民】
何これ、武器に属性もたせてんの？
これやってもらえれば俺らでも即戦力じゃん。

214【名無しの一般人@シヴェフ王国民】
いやこれ弓の人強すぎないｗ　矢に火属性もたせんのえっぐｗｗｗ

215【名無しの一般人@カラヌイ帝国民】
そもそも弓で狙い定まってんのすげーよプロかなんかかな……。
弓は魔術師に次ぐ不人気職だよな、誰も攻撃当たんなくてｗ

216【名無しの一般人@レガート帝国民】
このゲームに遠距離職なんてないんや……ってくらい今のところまともな遠距離職いないからな。

◇

230【名無しの一般人@アルディ公国民】
アルディ公国の方の公都クエストは来週の土曜日、同じく午前十時開始だそうでーす。

231【名無しの一般人@アルディ公国民】
まあ一週間あるしシヴェフ王国の方の状況見て色々参考にすればどうにかなるだろ……多分……。
こっち魔術師プレイヤー居るんか……？

漆．パーティデビューとエンチャント

パーティデビューと称して軽く西側の食肉調達依頼をこなしてみたものの、正直ヴィオラが一人で倒してしまうので僕の出番は全くなかった。さすがにウサギ程度に二人がかりで挑むのもおかしいので、ヴィオラの弓の実力を確認する為の時間といった状態になっている。

そのままゲーム内時間が朝になるまで狩り続けて、空が白み始めてからエリュウの涙亭で二人そろって朝食。朝食も彼女の口に合ったらしく「美味しい」を連呼し続け、ついにこの店に通う宣言をしました。ふっ、狙い通り。

朝食後、シモンさんの所へ二人で行き、ひたすら魔法の練習。ヴィオラの事を師匠に紹介したら、想像に反してあっさり見学を許可された。でも何故かこっちを見てひたすらニヤニヤしているので、変な誤解をされている気がしてならない。

休憩を兼ねて雑談している最中、ふとヴィオラが口を開いた。

「既存の武器に、魔法の属性を付与する事は可能なのかしら？」

「エンチャントか？　まあ出来なくはないが『なんの変哲もない武器に』となると一時的な付与しか出来ないな。武器がかなり消耗するから破損しやすくなる。恒久的に付与するには製作の段階で特性に応じた魔核を埋め込み、その上で使用者が魔力を流す必要がある。まあ魔力を扱える者向けだな」

「今度の王都クエスト……いえ、アンデッド殲滅の件で、神官と魔術師の数が足りないらしくて。私達の武器が一時的にでも火魔法や神聖魔法の類いを使えれば、戦況が良くなるかと思ったのだけど……」

「ふむ……そんなに人手が足りないのか。神官はともかく冒険者ギルドの方には、かなりの人数が集まっていると聞いていたのだが」

「人数自体は集まってるけど、その中に魔法を使える人物がほとんど居ないの。以前から活動している冒険者の中では今王都にいる十数名程度。あとはここにいる蓮華くんくらいよ」

「えっ」と僕は思わず声をあげた。前から活動している冒険者ってNPCの事だよね……？　プレイヤーの中で魔法を使えるのは現状僕だけなの？　ダニエルさんから話を聞いた時に「ほとんど居ない」みたいな事は確かに言われたけれど、さすがに僕だけだとは思っていなかった。こうなった以上、死に物狂いでシモンさんから学んで、王都クエストに参加するしかないのではないだろうか。

「……思ったより状況は悪そうだな。だとすると、付け焼き刃になるだろうが蓮華にはエンチャントの仕方を教えておくか。ヴィオラの矢にうまく付与出来れば、多少なりともやりようはある。エンチャントで消耗しても矢であればなんの問題もないしな」

ヴィオラから状況を聞き、眉間にしわを寄せながらシモンさんは言った。エンチャントとやらが僕にはあまり理解出来ていないけれど、要するに他の人の戦力を上げる方法なのだろう。マスター出来るかはさておき、戦略の幅が広がるのは僕としても大歓迎である。

「良いか。矢にエンチャントしたところで、与えるダメージの上昇幅は微々たるものだ。だが、矢じりがうまくスケルトンの頭蓋骨を貫通出来た状態で内部から燃やし尽くせば、大ダメージを与えられるだろう。お前はまだ狙いが甘い。距離が離れれば離れるほど外すだろう。それをヴィオラが代わりに当てられるのであれば、お前は自分の魔力を辿って燃やすだけで良い。大事なのは魔力操作だ。それから、スケルトンは頭が弱点だ。全部燃やし尽くさなければ死にはしないが、頭を失えば動きが鈍くなる。まあ時間が経てば頭も復活するがな。動きが鈍い間に倒しきるんだ」

矢継ぎ早にそこまで話してから、思い出したように再度口を開くシモンさん。

「ああ、忘れるな。最初に矢に付与するのは火魔法ではなく、お前の魔力だけだ。そうすれば矢が燃え尽きる事もないし、魔力を付与するだけでも多少は矢が強化される。スケルトンの頭蓋骨を貫くのもやりやすくなるだろう」

そこからはひたすらエンチャントの練習だ。ヴィオラにも協力してもらい、「付与→射る→着火」の一連の流れをひたすら自分に叩き込んだ。なんとか形に出来た！　と思ったタイミングで今度は一度に四本の矢をつがえはじめるヴィオラさん。技術は凄いけれど容赦がなさ過ぎる。そしてシモンさんはその様子に笑い転けていました。そういう人だよ、うちの師匠は。

「うう、さすがに今日は疲れたなあ……」

「お疲れ様。無理を言ったのは私の方だし、今日の夕飯はおごるわ」

意外と優しい。おっと、思わず失礼な事を考えてしまった。いや、だって第一印象がちょっと怖かったのだ。表情は硬くて本当に決闘の申し込みかと思ったし、そのあとの取引もぐいぐい来るし。でも多分、彼女は俗にいうトッププレイヤーの領域だろうし、王都クエストの成功率や、自分が戦闘部隊として活躍出来ないという事に思うところがあったんじゃないかなあ。

パーティを組む理由を色々こねくり回していたけれど、どうみても彼女の力量であれば今すぐ近接系のプレイヤーとパーティを組まなければいけない状況ではない。それよりも今日シモンさんに話していた通り、僕が唯一の魔術師系だからどうにか近づきたかった、って事なんだと思う、きっと。エンチャントについてシモンさんに質問した事もそれなら納得がいくし。

初対面で魔術師系プレイヤーだからお近づきになりたかった、とは言いにくかったんだろうな。まあ彼女の言う通り、イベントが前倒しになったのは僕の行動が影響しているのだろうし約束通り王都クエストの間は全力で協力します、罪滅ぼしも兼ねてね。

それはそうとして、ずっと思っている事があって……彼女の顔、どこかで見た気がするんだよなあ。気のせいかな？　でも最近は滅多に家から出ていないし、知り合いなら絶対に分かるはず。となると、他人の空似だろうか。うん、そもそも僕みたいに自分の顔ベースから全くいじってない人なんていないだろうし、気のせいだろう。

リリーさんに料理を注文してから僕達は一息ついた。ギルドの依頼ついでにそれなりの数のウサギを店に持って帰ってきたからか、他のテーブルからはかぐわしい肉の匂いが漂ってきている。うーん、なかなかの誘惑具合。

「……魔核ってなにかしらね。響き的に、魔獣？　みたいな者の体内にある核かしら」

「確かに。なんだろうね？　簡易エンチャントの事しか聞かなかったけれど、今後の事を考えたらそっちも気になるなあ……」

「気にはなるけれど、使う時には自分の魔力を流すって言ってたわよね。となると、私には無理ね……。魔力感知が壊滅的だもの」

「でもまだサービス開始二ヶ月くらいだし毎日練習すればそのうち……」

「……そうだと良いんだけど」

なんか、悪い事を言っちゃっただろうか？　あれだけ弓が上手いし、魔術師にそこまで固執してると思っていなかったから軽いノリで言ってしまったのだけれども……。やっぱり現実世界に存在してないものには皆、浪漫を感じるのかなあ。

「エンチャントだけど、土曜日までにどれくらい出来るようになるかしらね。さっきも言ったけれど、神官と魔術師の数が絶対的に不足しているのよ。私が知らないだけで魔術師プレイヤーがもっと居るなら良いけど、楽観視してたら間違いなくクエストは失敗するわ。だから、出来れば私だけじゃなくて他の人にもエンチャントしてあげてほしいけど……。エンチャントしたあとの貴方の負担が大きすぎるわね。やっぱり現実的じゃないかしら」

「そうだ、それで思ったんだけどね。そのクエストって、達成条件はなんなんだろう？　ギルドでの募集は勿論アンデッドの殲滅だけど、ここ最近調べた感じではアンデッドの出現理由にはこの国の貴族令嬢が森で亡くなった事が関係あるんじゃないかなって。アンデッドを操ってるのが令嬢だと仮定して、大群で押し寄せる理由はなにかって考えると……僕がその令嬢の立場だったとしたら恨みを晴らしに来るのかなあって。もしそうなら、馬鹿正直にアンデッドの相手をするよりも、大元をどうにかした方が良いんじゃないかというのが僕の考え。ゲーム的には、そういう事ってあるのかな？」

「子爵と子爵令嬢と平民男性のいざこざの件なら、私も貴方を待っている間にこの店の店主に聞いたわ。私も貴方の意見には賛成。ゲーム的にも十分有り得ると思う。この規模のゲームなら、複数の展開を用意してそうだしね。じゃなきゃ貴方の行動でイベントが早まったりなんかしないと思うもの。恨みを晴らすと一口にいっても色々あるわよね。彼女は王都に来てなにをしようとしているのかしら。貴方の考えを聞かせてほしいわ」

「僕の考えは……子爵令嬢は子爵と、平民の青年の二人相手に復讐しようとしてるんじゃないかな、って。勿論青年に対しては逆恨みも甚だしいけれど、彼女としては自分だけが死んで、裏切られた気分なんじゃないかな。青年がそのあとここに戻って来て、子爵に殺された事は知らないと思うから……。で、僕的には子爵の家と子爵本人、それから青年が住んでいた場所とその婚約者の家、この四カ所を監視していればいずれかに子爵令嬢が現れるんじゃないかと考えている。ヴィオラはどう思う？」

「全面的に同意よ。子爵の家名と見た目についてはさっきジョンさんに聞いてみたけど、家名はともかく見た目は分からないって。ひとまず王都での住居の場所も分かったし、しばらく見張ってみるわね。青年と婚約者の方についてはごめんなさい、そっちも恨んでる可能性を考慮出来ていなかったわ。再度の聞き取り調査が必要ね」

もうそこまで調べていたとは。さすがトッププレイヤー……僕が勝手にそう思ってるだけだけれど。

「じゃあ、青年と婚約者の方は僕が調べておくよ」

「ええ、お願い。それから……ごめんなさい、ご飯を食べたら私はそろそろログアウトするわね。さすがに眠くて限界みたい」

「あ……、そうだよね、うん、お疲れ様。イベントまで残り数日、情報集めと連携の練習、両方となると忙しくなるけど頑張ろうね」

「ええ、勿論！　初めてのイベントだし、絶対に成功させないと。防衛に失敗したらシヴェフ王国滅亡、なんて結末もありそうで怖いわよね……」

ああ、そんな可能性もあるのか。怖いなあ。でも、僕もようやく他の人と同じゲームをやってるんだな、っていう感覚が湧いてきてちょっと嬉しいかも。今まで本当にＮＰＣとしか接していなかったしね。

プレイヤーと接するのは怖いな、って思って勇気が出なかったけれど、顔は僕のままとはいえ「蓮華」というアバター越しに接してるからか、不思議と大丈夫みたい。一種の精神的安全装置といえば良いのかな。

うん、今ならなんだかいつもと違ったお話も書けそうだな。王都クエストが終わったら篠原さんとの待ち合わせまであと数日ってところだし、張り切って仕事しないとね！

捌．作戦開始と子爵

普通の人は睡眠が必要なのでぶっ通しでゲームが出来ないという事を失念しておりました。でもさすがにヴィオラとパーティを組んで四日。もうそんなヘマはいたしません。そういう訳で、あっと言う間に王都クエストのイベント当日、十二月二日の土曜日。

この数日の間に、公式サイトにてイベントの詳細が更新されていた。

一、現実時間午前十時よりイベント開始。ゲーム内時間は夜八時になるように直前のメンテナンス時に時間調整を行う。
二、夜八時から午前四時までがアンデッドの活動時間。それまでに無力化出来なかった場合は、アンデッドは森に帰還してしまい、イベント失敗となる。アンデッドの残数により翌日以降、王都で再戦となるか、森へ殲滅しに行くかの分岐が行われる。
三、王都へ押し入られ、NPCの半数以上が亡くなった場合はクエストの完全失敗となる。
四、食料部隊として参加していたプレイヤーは、戦闘部隊もしくは補給部隊として当日にも参加可能。
五、本イベントの評価は、冒険者ギルドからの報奨金の額に直結する。また、冒険者ギルドに加入しているプレイヤーはランク評価にも影響する。

個人的にはアンデッドの「無力化」と記載されているのがミソではないかと睨んでいたり。「殲滅」ではなく「無力化」という事は、やっぱり僕とヴィオラの作戦が上手くいけば正攻法でなくともクリア出来るのではないだろうか。とはいえ、子爵令嬢がどのタイミングで来るかも分からないので序盤はかなり厳しい戦いになりそうだ。

子爵の家名・王都での住居・子爵の容姿、無理心中に巻き込まれた平民男性の元の住居や名前・幼馴染みで婚約者だった女性の名前と所在は僕とヴィオラで調べ上げた。

その上で、正面突破は現実的ではないであろう事、それから子爵の住居や本人と、平民男性の元の住居や婚約者の監視を二人だけでは出来ない点を考慮して、ヴィオラを通じてシヴェフ王国のプレイヤーの皆様に情報と計画を広めておいた。

冒険者ギルドの方にも、僕からダニエルさんに僕達の計画を伝えた。とはいえ、確実かどうか分からない作戦に全員を当たらせる事は出来ないので四カ所の監視は最少人数で実施しつつ、あくまで戦闘部隊はアンデッドの殲滅を優先する方針に。

ちなみにマカチュ子爵は、予想に反して事前に王都から逃亡するような事はなかった。まあ子爵の領地が東南側――アンデッドが発生した森よりはやや南より――にあるので、万が一遭遇した場合を考えて逃げられなかっただけなのかもしれないけれど。

事実だけを見ればむしろ子爵は率先してアンデッド殲滅の戦闘部隊に参加を表明。そう仕向けたのは、なにを隠そう我らがゲームマスターであるフェリシア嬢を擁するバートレット侯爵家らしい。

どうやら今回のアンデッド襲撃について「子爵家にて正式に令嬢の供養を行わなかった事が原因ではないのか」とマカチュ子爵家を非難したらしい。

シヴェフ王国の公爵は王家の血筋らしく、貴族側のトップは実質侯爵家。バートレット侯爵家に非難されたマカチュ子爵は、逃げれば貴族社会から総スカンを食らってしまうので、どうしても名誉回復の為に率先してアンデッド殲滅作戦に参加表明をするしかなかったのだ。

まあ、そのお陰で監視が楽になったのでプレイヤー側としては特にいう事はない。むしろ大歓迎だったり。

王都の中にアンデッドが入ってきてしまっては困るので、基本的には東門の前で殲滅する計画で布陣。直前になって分かったのは、僕の他に魔術師系プレイヤーが一人存在している事！　でも、まだ魔力感知が出来るようになって間もないらしく、エンチャントは出来ない模様。

僕はといえば、ヴィオラとのエンチャント連携は矢が届く範囲内であればほとんど完璧に行えるようになった。その他に余裕があれば数人程度なら武器にエンチャントが出来るかな、という感じ。武器が破損しても構わない人のみという条件つきだけれど。それにその場合はエンチャントにかかりきりになってしまうので、僕自身が攻撃に転じる事は少し難しくなる。

事前の告知では布陣自体は、右翼・左翼・中央の三カ所に隊を分け、指示系統は総隊長、部隊長、分隊長の順との事。今回の総隊長は冒険者ギルドのマスター、ダニエルさん。そして僕が所属する中央の部隊長はマカチュ子爵で、僕は中央遊撃分隊Aの分隊長になった。

え？　今まで指揮の経験はあるかって？　勿論ありません。僕はただの一武士です。まあ数人程度の部隊の指揮経験ならある。でも僕にはリーダーを任せるよりも一人で遊撃をさせた方が良いというのがあの当時の上の人の判断だったから、そんなに経験はない。それでも他に分隊長に選ばれたプレイヤーがほぼ皆無な辺り、もしかしたらそれらの経験が内部的に影響しているのかもしれない。

　ギルドマスターの階級は貴族でいえば侯爵と同等らしく、同じ位であるバートレット侯爵家が「我が家は武家ではないから」とダニエルさんを総隊長として推薦したとの事。バートレット侯爵家は補給部隊の部隊長を務めるという。ちなみに公爵家からの参加はないらしい。何故だろう。

　もっとベテラン冒険者で部隊長を務められる人は居なかったのかな？　と思ったら、右翼左翼はそれぞれ冒険者との事。

　貴族から部隊長を出さない訳にもいかず、且つ冒険者に任せきりというのは外聞が悪いとの理由から、最も重要な中央の部隊長にマカチュ子爵が指名されたらしい。これ、ヘマした際はアンデッドに門を突破される事になるんだけど。命がかかった場面に政治《世間体》を持ち込むのはどうかと思うなあ……。

　深読みするなら子爵令嬢がマカチュ子爵を見つけやすいように、というダニエルさんの配慮。是非ともそっちであってほしい。そしてご令嬢には子爵の命だけで満足していただきたい。

　とにもかくにもいきなり分隊長になってしまった訳だけれど、具体的にどうすれば良いのか。実際にクエストが始まってから確認してみないと分からないけれど、ヴィオラ曰く他のゲームのリーダー格は仲間の状態や現在の戦況を俯瞰して確認するシステムがあったりするらしい。エンチャントする側の僕には丁度良いのではないか、との事。

でも「ＮＰＣでも状況把握出来るの？」とか、「エンチャントの他に指示出しまで出来るの？」とか、色々不安要素しかないので、なにかあればヴィオラからアドバイスをつどつどしてもらう形にした。ふがいない分隊長である。ちなみにヴィオラは僕の分隊の隊員。恐らくパーティを組んでいる事が影響しているのだと思う。パーティ単位で投入した方が連携が出来て戦力が上がるしね。

それから、バフ付き料理がついに誕生したとの事。吉報である。バフの効果時間や効果の高さは腹持ちの良さと比例しているらしく、手軽に食べられる系の料理は時間が短く効果も低い。がっつり食べる食事はその逆で、時間が長く効果も高くなる。現在確認されている最も効果時間が長い料理はゲーム内時間で二時間持つとの事。という訳で、僕の方でもいくつか購入。オークションに流れている物はまだ購入出来ないので、ヴィオラに代行を頼んだ。開始前に腹持ちの良い料理を食べて、そのあとは手軽に食べられる料理で乗り切る形になりそうだ。

出来る範囲での準備は済ませたし、素振りも終わったし血液もしっかり摂取出来たし、ちょっと早いけれど最終確認も兼ねてログインしますか。


「それでは、これを使ってください」とダニエルさんに渡されたのは、なんだかよく分からない機械みたいな物だった。「なんですかこれ？」と聞くと、「持っているだけで周りの状況が把握出来て、かつ同じ物を持っている人と意思疎通が出来る優れものです」との回答が。

「俗にいうロストテクノロジーでね、全員に配ろうと思ったら数が全然足りないんですよ。だから総隊長、部隊長、分隊長にだけ配っています。王国の所有物ですから、なくすと冒険者でも責任は免れないので気を付けてくださいね」

そんな貴重な物、渡さないでほしい……こういう類いの物は使う事は出来ても原理が不明で修理が出来ない、って創作物の中でよく語られるし、万が一壊したら借金地獄……いや、この国だと奴隷落ちで鉱山労働もあり得そうだよね？　でも六十何個も用意出来てる辺り、そんなに珍しい物ではないからそこまで重い刑じゃない？

とにかくこれで、また一つこの世界の事が分かった。ロストテクノロジーという事は、今の文明の前に、もっと高度な文明があったけれど、なんらかの理由で滅びてしまったって事だと思う。近いうちに図書館かどこかに行きたいなあ、この世界の歴史についてもっと詳しく知りたいし。

問題は僕がこの遺物を使って周りの状況を把握出来るかという事。なになに、えーと遊撃分隊Aに所属する人の名前と、HPやMPなどのステータス情報……。それから他の分隊長や部隊長に関しては簡易的で、HPだけが見えると。

HPバーの下には、小さく料理のバフも表示されている。「かかったデバフとかも出ると思う」ってヴィオラは言ってたけれど、果たして僕に見方が分かるだろうか。

とりあえず、ざっと見た限り僕の分隊メンバーの料理バフは、全員二時間。きっとその間には終わらないだろうから、切れる前に何人かずつ食事タイムを取らないといけないだろうなあ。二回目以降の料理が手軽な物なら、効果時間も短いだろうしちゃんとチェックしておかないと。

イベント開始まで十分を切った今、門の前には続々と人が集まってきている。正直こんなに居たのかと驚くほどの人数。ざっと隊長格の人数から察するに、千人くらいだろうか？　このうちどの程度の人がプレイヤーかは不明だけれど、戦闘部隊だけでこの人数という事は、今回のイベント参加者は結構な人数だろうなあ。

なお、隊長格で集合時間に間に合わない人物が居た場合、自動的に隊内から隊長が再選出されるらしい。

僕が率いる分隊の人数は、僕を含めて十五人。分隊は右翼・左翼・中央で二十隊ずつの計六十部隊。つまりマカチュ子爵は二十の分隊を束ねる位に居る訳か。どんな指示が飛んでくるんだろうなあ。不安しかない。

『前方、敵影あり！　総員、戦闘準備をせよ！』

どうやら別途放っていた偵察部隊が戻って来たらしく、遺物を通じてダニエルさんの命令が聞こえてくる。なるほど、周囲の状況は自分の見ている画面に直接出てくるけど、通信に関しては遺物が直接電話みたいな役割をするのか。てっきり脳内に響いてくるとか、そういうファンタジーな仕様だと思っていたのでびっくりした。

とりあえず警戒態勢はとってみるものの、部隊長のマカチュ子爵からはなんの指示もない。指示出し経験がなくて慌てているのか？　と後ろを振り返ってみると、テーブルと椅子を広げて呑気に飲み物を飲んでる人物が居る。もしかしてもしかしなくてもあれが子爵では？　あいつ本当にやる気ないな。

「えー、遊撃分隊Aの皆さん、部隊長からの指示がないので、文字通り遊撃……僕らで勝手に動こうと思います。という訳で武器が壊れやすくなりますが、エンチャントをしたい方は集まってください。ヴィオラは矢にエンチャントするから最後で。つどつど矢にエンチャントする関係上、僕はヴィオラと常に行動するので、なにかあったらヴィオラにボイスチャットしてください。ごめんね、僕がまだパーティ内ボイスチャットを使えないせいで回りくどい事になってて……」

「良いって事よ！　ＮＰＣなのは蓮華さんのせいじゃないしよ！　今日は楽しもうぜ！」

「エンチャントしてもらうだけで十分ですよ。致命傷にはならないけど強度が上がる分、剣でもスケルトンを砕く事が出来そうですし。魔法が使えなくても貢献出来るので助かります」

二人の言葉に、残りの人々もうんうんと頷いている。

みんな優しいなあ。でもごめんなさい、僕がＮＰＣなのは本当は自業自得であって、運営さんのせいではないんです……。分隊員の武器にエンチャントを施しながら、僕は続けて説明をする。

「余力があれば、皆さんが攻撃したタイミングでエンチャントした魔力を通じて火魔法を使うつもりなので、急に骸骨さんが発火しても驚かないでください。それから料理バフは皆さん二時間なので、切れる前に五人ずつ食事時間をとる予定です。この中に二回目以降の食事も時間がかかりそうな人は居ますか？」

僕の質問に、分隊員が一斉に首を横に振った。やはり皆、二度目以降は軽食で済ませるようだ。

「……全員軽食ですね、じゃあ適当に後方の人からお願いする形にしようかと思います。三回目以降はバフ時間がバラけると思うので、切れそうな人にお声掛けします。僕が見落としているようであれば、宣言して下がってもらっても構いません。で、肝心の戦い方ですが、お任せします。僕とヴィオラが視認出来る範囲であれば大丈夫です。僕とヴィオラで皆さんが囲まれないように立ち回りますので。それと、もし子爵令嬢っぽい誰かが来たらなるべく戦わずに僕らの方へ誘導してください」

事前に計画の方は周知しているので、皆心得たとばかりに頷いてくれている。

「さて……、どうやら骸骨さん達が到着したみたいですね。では皆さん頑張りましょう!!」

「「「おー!!」」」

僕としてはやりやすいから良いけれど……マカチュ子爵、開戦するまで一切指示して来なかったなあ。なんというくずっぷり。

これはゲームだからプレイヤーの皆はクエスト成功の為に考えて動くけれど、昔なら農民兵も交じっているから隊長格の指示がなかった段階で混乱する。中には恐怖心が勝って逃げ出す者も居るはずで、正直この時点で戦線崩壊していてもおかしくはない。本当に部隊長の下に分隊長が居て良かったよ……。

骸骨さんとゾンビさんは、特に分かれる事もなく、交ざって突撃してきた。

基本的に皆様、徒手空拳。けれど時々、錆び付いた剣や槍、盾を持っている方も居る。これは多分、森に落ちていた武器なんだろうなあ。大半は年に一回の祈禱時に持ち帰ってきているみたいだけれど、中には見つけてもらえなかったりで遺体ごと打ち捨てられていた武器もあったのだろう。錆び付いた武器で切られたら痛いし、なにより破傷風にかかる恐れがある。この世界に治療法が

あるのか、プレイヤーがかかるのかは分からないけれど注意するに越した事はないだろう。

と、いう訳で僕はヴィオラと共に、武器持ちを優先して狙っていく事に。

その最中に気付いたけれど、武器持ちにはゾンビさんも結構居る。こちらは武器も比較的綺麗なので最近亡くなった方々だと思う。それにしてもとにかく腐臭がひどい。しかもどうやら「嗅覚麻痺」というデバフがつくようで……。確かに、仮に他の異臭が発生していても今の状態では気付けない。それほど強烈で鼻が曲がりそうな臭いなのだ。

更に辛い事に、ヴィオラの矢を経由してゾンビさんを火魔法で燃やし尽くしたら、腐肉が焼ける臭いで追加デバフが発生してしまった。しかもこちらのデバフは「食欲低下」。食事をした際の料理バフの効果と時間が確率で下がるという、非常に厄介なデバフだ。

恐らく「食欲低下」のデバフは神官による浄化では発生しないんだろうけれど、その場合は引き続き腐臭による「嗅覚麻痺」が継続してしまう。その為遺物を通じて他の隊長格とも相談し、ゾンビさんはなるべく火魔法で焼き尽くすという方向でまとまった。

二回目以降の食事は皆軽食なので、発動するバフの効果は低い。その上で時間と効果まで下がってしまったら、ほぼ食事しっぱなしか食事バフを諦めるしかなくなる。なので中央遊撃分隊Aの方針としては一回目の食事バフが消える前に、僕とヴィオラでゾンビさんを徹底的に焼き尽くす事に決めた。

僕は鼻をつまみながら戦えばデバフも消えるけど、他の皆は両手に武器を持ってるから無理だろうしね……。

「分隊長、ゾンビがたくさんこっちに向かってきてるって」とヴィオラ。前方を見れば、遠くで分隊員の一人がこちらに向かって手を振っている。確かに彼の後ろからわらわらわらとゾンビさんがこちらに向かって歩いてきている……。

「一旦皆に下がってと伝えて！　僕とヴィオラで出来るだけ焼き尽くそう！　討ち漏らしたら、その時は大変申し訳ないけれど皆の武器で足止めをしてもらえると嬉しいかな……！」

僕の声をヴィオラが皆に伝えると、分隊メンバーがこちらに下がってきた。ゾンビさんの足が遅い事もあって、退却は問題なく完了。

「それにしても……骸骨さんはともかく、まだ肉が残った状態の死体がこんなに森の中に居るのはおかしくない？　いや、そもそも骸骨さんもこんなに大軍……普通、祈禱を通して供養された死体は、既に魂が抜けているからアンデッド化しないって聞いたけど？　気付いてもらえず祈禱がされなかったご遺体が子爵令嬢に感化されたのだとしても、いくらなんでも数がおかしいよね」

「そう言われればそうね。イベントだからそんなものかと思っていたけれど……」

「あの森はランクが高いから新人冒険者に仕事は回さないってダニエルさんが言っていたし、ベテラン冒険者がこんなにたくさん亡くなるとも思えない。どう考えてもこの数はこの一年間で亡くなった人々だけじゃない気がするなあ。まあ、それは最後に考えるとして今はとりあえず焼き尽くそうか……早くしないと料理のバフも切れちゃうしね」

「それじゃあ、ちゃちゃっと射るわよ！　エンチャントと着火、よろしくね！」

分隊員全員を下がらせたので、ヴィオラは矢を四本ずつ射る事にしたようだ。本人曰く「まだ練習中」らしいけれど相変わらず精度は高いし、僕の方も練習の成果で四本全ての矢にエンチャントと火魔法の発動が出来るようになったので、安定して殲滅が出来る。

近接の人達が下がっているので、僕も片手間に火魔法の型を使って敵を燃やしていく。特にヴィオラが討ち漏らして、だいぶ接近してきたゾンビさん。やっぱり弓は至近距離に近付かれたらやりにくくなるし、狙えたとしてもこの距離で弓を射たら肉が飛び散りそうで嫌だろうしね。

近くに来ている分、燃やした時のデバフもちょっと強力に。「食欲低下・大」だって。どうやらバフの効果低下確率が更に上がるらしい。

まあ、ヴィオラ曰くデバフの時間自体は臭いの継続時間と同様と表記されているらしいので、料理バフの効果が続いているうちにゾンビさんを一心不乱に燃やし尽くしてしまえばどうとでもなるはず。……装備に臭いが染みついたりとかはしないよね？

時々僕ら二人では対応しきれなかったアンデッドが後方に行ってしまうけれど、分隊員の皆が足止めをしてくれるお陰でどうにか持ちこたえられている。

とはいえ、さすがに手が足りなくなってきた。そもそも僕らは遊撃分隊だから本来は他の分隊がカバーしきれずに討ち漏らしたアンデッドを処理しに行かなければならない。でも今は急に現れたゾンビさん達の対応に追われているせいで、本来の役目を果たす事が出来ていない。

後退してもらった分隊員に本来の仕事をお願いしても良いけれど、皆ばらばらな位置に行ってしまうとさすがに僕もエンチャントした自分の魔力を追う事が出来ないだろうし、そもそも彼らがアンデッドと対峙してるタイミングで火魔法を発動させるのも難しい。エンチャントで多少強化されているとはいえ、彼らの攻撃では止めを刺す事が出来ないのであくまで足止め。最悪、その間に料理バフの効果が切れて、劣勢に陥ってしまう可能性もあり得る。

かといって、このままいけば間違いなく何体かのアンデッドが東門まで辿り着いてしまう。仕方がない、全体連絡をするしかないか……。

「こちら中央遊撃分隊Aより各隊へ、ゾンビ大量発生の為、本来の任務より優先して殲滅中。各隊の討ち漏らしアンデッドへの対応がしばらく出来ません」

『こちら中央遊撃分隊Bより中央遊撃分隊Aへ、承知した。討ち漏らしは我が隊の魔術師にてなるべく対応するので、ゾンビの方は確実に仕留めていただきたい』

『こちら中央攻撃分隊A、承知した。なるべく討ち漏らさないようにはしているが、逃した場合は申し訳ないが頼む』

さて、連絡も済んだしさっさと殲滅して通常任務に戻らないと。

『なにを勝手に決めている⁉』

おっと、今聞こえた声はマカチュ子爵かな？　声を聞いた事がないから断言は出来ないけれど、このタイミングでいちゃもんをつけてくる人物なんて彼しか思い付かない。

『各隊自分の役割を優先しろ！　遊撃分隊が遊撃しないでゾンビにかかりきりとは何事だ⁉』

ええ？　今更それを言いますか？　彼が言う通り僕らが遊撃に戻ったら、このゾンビさん軍団は一体誰が処理してくれるんだろう？　子爵自らしてくれるんですかね？　それとも東門突破されて責任でも問われますか⁉　それにそもそも、今まで自分の役割をこなしていなかった人に言われたくはないですね……。

「こちら中央遊撃分隊Aより中央部隊長へ。我が隊が持ち場へ戻った場合、現在応戦中のゾンビの大軍はそちらに直進するかと思われますが……」

『そんなもの、防衛分隊が応戦するに決まっているだろう！』

この人馬鹿なんですかね？？？　攻撃分隊だって応戦しきれてないから遊撃分隊Bが討ち漏らしを仕留めてくれているのに、防衛分隊が討ち漏らさないとでも思っているのだろうか？　だいたい、防衛分隊は門の前を守るのが役割。言わば彼らは最後の砦であって、積極的に大軍を相手する想定ではないだろう。

ましてやゾンビさんは肉が残っている分、近接武器との相性が最悪。一度切れば武器はまともに使えなくなるし、腐肉から引き抜くのにも時間がかかるので隙が大きくなる。だからデバフ云々も含めて、僕ら魔術師が率先して殲滅している訳で……。

「こちら中央遊撃分隊Aより部隊長へ。お言葉を返すようですが、ゾンビは腐乱体の為、近接武器で応戦している防衛分隊との相性は悪いですが……」

しまった、口が滑って「お言葉を返すようですが」なんて余計な事を言ってしまった。これは火に油を注いじゃうかなあ。

『お、お前は一体何様のつもりだ⁉　部隊長の私が命令しているのに口答えをしているのか⁉　良いからさっさと持ち場へ戻れ！』

あー……やっぱり怒らせちゃった。やっちゃったなあ。うーん、どうしよう……。プレイヤーだけなら死んでも王都の広場にリスポーンするだけなので最悪どうにでもなるけれど、戦闘部隊にはNPC冒険者もたくさん居る。僕らがゾンビさんの相手をやめれば被害が拡大するのは目に見えているよね。そもそも今回のクエストはNPCが半数以上亡くなれば強制失敗。防衛分隊には荷が重いと分かっていてゾンビさんをこのまま通す選択肢はあり得ないだろう。

総隊長なら冷静に判断を下してくれそうだけど、さっきまでひっきりなしに総隊長宛の通信が入っていたし多分その対応で忙しいんだろうなあ。今のやり取りを聞いているとは到底思えない。

これはそろそろ腹をくくらないといけない感じかな。かたわらで矢を射ているヴィオラに視線を向け、意を決して話しかける。

「ねえヴィオラ、これ、僕が命令を無視したら困った事になるかなあ？」

「……私としてはさっきまでの貴方の判断に不満はない。貴方が従えないと判断した命令なら、無視したところでどうにかなると思うけど」

「うん、ここで僕らが引いたら、間違いなく防衛分隊に被害が出ると思ってる。子爵にアンデッドが止められるとも思えないし、東門は突破される可能性が高い。おべっか使って聞ける範囲の命令を超えていると思う。命令無視を咎められても、責任は僕が引き受ける。その上で他の分隊員の意見も聞いてもらって良いかな？」

「分かったわ。……皆聞いて。例の子爵が私達にゾンビ殲滅を中止して遊撃に戻れと言ってきた。分隊長としては命令を無視してこのままゾンビ殲滅を優先したいそうだけど、貴方達はどうかしら？　もし命令無視についてあとから罰を受けるとしても、責任は分隊長が引き受けると言っているわ。…………そう。分かった、そう伝えておくわ。分隊長、皆もゾンビを優先する事に異論はないそうよ。安心して噛み付いてちょうだい」

にっこり笑ってヴィオラは僕の背中を押してくれた。それじゃあ、子爵に噛み付くとしよう。

「中央遊撃分隊Aより部隊長へ。申し訳ありませんが、その命令は拒否させていただきます。防衛分隊は最後の砦。そんな彼らが大量の敵、それも骸……スケルトンではなくゾンビの相手をすれば、まず間違いなく腐肉に武器を持っていかれてしまい、隙を突かれて防衛分隊は壊滅するでしょう。そうなれば確実にアンデッドは東門を突破します。もっとも、そちらに向かったアンデッドの殲滅を子爵自らがしてくださるのであれば、その限りではありませんが……。指揮官ごっこがしたいのであれば、どうぞ他を当たってください。貴方の馬鹿な遊びに我々を巻き込まないでいただきたい。私を罰するつもりであれば直接こちらまで来て力ずくで止めていただければと」

子爵がここまで来られるとは思ってないけどね。

「さて、ヴィオラ、残りのゾンビも急いで片付けようか。殲滅する前に料理の効果が切れたら困るからね。全く、馬鹿のお陰で無駄に時間を費やしてしまったよ……」

『……中央防衛分隊Bより中央遊撃分隊Aへ、我々は貴殿の勇気ある行動に敬意を表する。なにかあったら我々も証言する、すまないがゾンビをよろしく頼む。……あー、ところで、遺物の発言用ボタンを解除していないようだぞ』

おっといけない、馬鹿を馬鹿呼ばわりした事が馬鹿に聞こえてしまっていたらしい。いや、馬鹿だから自分の事だと気付いていないかもしれないし、大丈夫かな？　……なんて、いくらなんでもそこまでひどくないか。

「ああ、そういう事か」

なんでマカチュ子爵が急に現場の動きに対して口出ししてきたのかと思っていたけれど。多分、手柄が欲しくて焦ったのだ。

今回、子爵自身は名目上、自分の娘とアンデッドとの因果関係に対して責任を取る為に参戦している。子爵の私兵も参戦はしているけれど、彼の部下は子爵の護衛ではなく、各分隊へとバラバラに配属されており、今現在アンデッドと交戦中。

そんな中で、中央部隊で一番手柄を立てているのが現状、僕たち中央遊撃分隊A。多分、元々は護衛として参戦した自分の部下達にアンデッドを殲滅させ、自分の手柄にしようとか考えていたのだろう。ところがいざ蓋を開けてみれば、護衛は認められず、それどころか私兵の中に魔術師は皆無なので、ほとんどが足止め要員の防衛分隊に配属されてしまった。目に見えた成果が挙げられていない事に業を煮やした子爵は、僕らに持ち場へ戻るように命じ、ゾンビ軍団をそのまま自分の兵士が多い防衛分隊と当たらせようと考えた、って感じかな？

部下の武器とゾンビの相性なんて、全く考えずに口出ししたんだろうなあ。でも実際のところ、僕がその命令に従った場合間違いなく防衛分隊は突破される。「部下が突破されたら自分の命も危ない」、って考えない辺り、やっぱり子爵に戦闘経験はないのだろう。

中央の遊撃分隊である僕らが手柄を立てれば、必然的に中央の部隊長である子爵の評価も上がったはずだ。下手に自分の部下に……などと考えなければ僕と意見が対立して無知を晒す事もなかったのに。

部下達は戦闘経験がちゃんとあって戦況を理解出来ている。だから防衛分隊Bの人からは礼を言われた訳だ。確かに、あの状況じゃ間接的とはいえ、僕が彼らの命を握っているようなもんだったもんな……。なににせよ、他の分隊の人も僕の意見が正しいと認めてくれた以上、子爵の評価はがた落ち確定だ。むしろ現場をいたずらに混乱させたと判断され、処分は免れないだろう。

それに子爵のあの性格なら、ゾンビが目の前に迫ってきた段階で恐怖を感じて「門より自分を守れ」とか言い出して更に現場を混乱させかねないし。やっぱり命令を拒否して良かった。

「思ったより数が多いな……魔法威力増加バフも消えそうだし、ちょっとまずいかな？」

後ろに一旦下がってもらった分隊員達には、ついでなので先に交代で食事をとってもらっている。だから残りは僕とヴィオラだけ。だけど、ゾンビの相手がまともに出来るのが僕らだけな以上、燃やし尽くすまで離れる訳にはいかない。そして料理バフの効果時間は残り十分。現実時間では残り三分を切ったところなので、ほぼ間に合わない計算だ。

この数のゾンビを残して僕らが食事に行ってしまったら、間違いなくうちの分隊だけでは抑えきれず、防衛分隊の方まで向かってしまうだろう。

かといって、そのあとの事を考えるとありったけの火魔法を行使してゾンビを焼き尽くすという選択肢も難しい。なにせ、現状ＨＰポーション——体力を回復するポーション——は存在するけれど、ＭＰポーション——魔力を回復するポーション——の類いは出回っておらず、今回の補給物資の中にも含まれていない。故に僕のＭＰが涸渇した段階で、僕ら中央遊撃分隊Ａは役目を果たせなくなってしまうのだ。

ヴィオラの今の料理バフは攻撃速度増加。こちらも消えてしまえば速射速度が落ちるので敵に囲まれやすくなるだろう。

「子爵の命令を無視しておきながら防ぎきれませんでした、ではまずいしなあ……」

でも、シモンさんの所で火魔法の型の練習をしたお陰で、最初の頃よりは魔力量は伸びている。今なら大技を一発かまして離脱が出来るかもしれない。食事を掻き込んだあとは、皆のエンチャントに集中すればどうにか魔力も持つ……と思う。

「ごめんヴィオラ、魔力が最後まで足りるか賭けになっちゃうけど、このまま料理バフが消えてじり貧になる前に、一旦大技で離脱しよう」

「……分かったわ。前方のゾンビ集団の中だけをきっちり狙えるのであれば、付近に他の分隊は居ないから問題ない。任せたわよ」

「それじゃあちょっと恥ずかしいけれど……龍炎舞！」

こんな技の名前を叫ぶ事なんて現実ではないからとても恥ずかしい。でも僕はまだ修行中の身。確実に技を成功させる為には、技に名前をつけて口に出す事も大事なのだとシモンさんが言っていた。その意味も分かる。確かに言葉にして「龍炎舞」と口にすれば、文字通り炎が龍のように踊り狂う魔法だとイメージが固まる。

結果、三匹の龍……に見える炎が辺りを縦横無尽に駆け巡り、なんとかまだ持続していた魔法威力増加の料理バフのお陰もあって、大量に居たゾンビ達はあっと言う間に業火に包まれてしまった。肉が焼ける臭いも段違いに強くなっている。精神的にも食欲が……。

それと同時に、僕の体内からもごそっと魔力が抜ける感覚があった。シモンさんの許で練習した時はここまで消費しなかった気がするけれど……明らかにあの時より威力が強いし、もしかして同じ魔法でも消費魔力は規模によって違うのだろうか。正直全てのゾンビを一掃出来ると思っていなかったので嬉しい誤算ではあるものの、元々想定していた量を割ってしまったMPを考えるとますます不安になってしまう。

いつまでもゾンビの踊り焼きを眺めている訳にはいかないので、急いでヴィオラと共に離脱。先に食事を済ませた分隊員に、万が一燃え尽きずに出て来てしまったゾンビが居たら足止めをしてくれるように頼みつつ、急いで軽食を掻き込んだ。食べ終わってから気付いたけれど、効率という意味では僕とヴィオラだけはしっかりと食事をとった方が効率が良かったかもしれない。

それにしても改めて、ここがファンタジーなゲームの中なのだとしみじみ思った。さすがに現実の戦場で、こんなに敵を目の前にして料理を食べるシチュエーションなんてついぞ経験した事はないからなあ。人によっては片手で応戦中にもう片手で串焼きを食べていたりする。凄い……喉に刺さりそうでとてもじゃないけれど僕には出来ない芸当だ。

その後、中央の戦況は一旦落ち着いた。時折遺物から聞こえてくる会話から、右翼と左翼もそれぞれゾンビが大量発生したらしい事が分かったけれど、両翼とも魔術師が結構な数居るので特に苦戦する事もなかった様子だ。そういえばシモンさんは今回の殲滅戦に参加していないみたい。「気になる事があるから調べてくる」と言っていたけれど……なんだろう？

というか、十何人も魔術師が居るのに、ほぼ全員皆両翼に配属されているのが悲しい。中央は僕ともう一人のプレイヤー、それから固定パーティを組んでいなかったＮＰＣ魔術師くらいしか居ないんですが……。

ダニエルさんがそんなミスをする訳がないだろうし、多分「プレイヤーは全員中央に」というのは今回のイベントでシステム上決まっていた事なのだろうけど。これ、現実だったら一番経験が浅い低ランク冒険者に中央を任せるっていう異常事態なんですよね。

なんというか、全体を通して「大規模イベントってこういうものですよ」というチュートリアル感？　をそこはかとなく感じるのは気のせいかな。まあ、僕が感じているのだから他のゲーム慣れしたプレイヤーさんはもうとっくに感じているのかも。

それはさておき、料理を三回……すでにゲーム内で四時間が経過しているので、僕の感覚的には黒幕が子爵令嬢ならそろそろ動きがありそうなんだけどなあ、と。丁度そんな事を考えているタイミングで、

――ああああああああああああああああああああああああああああ
突然断末魔のような叫び声が聞こえたかと思ったら、明らかに僕達王都防衛側の人々の動きだけが悪くなった。ステータスを見れば僕含め分隊員全員にデバフ「内耳麻痺」がついている。内耳は耳の中にある器官。どうやら今の叫び声によって内耳が麻痺し、一時的にめまいや平衡感覚の麻痺

が起こっているらしい。

ふらつきながらも声のした方を確認すると……、ああ、子爵令嬢がいらっしゃったようですね。

玖．ペトラ・マカチュ現る

もうすぐ来るだろうとは思っていたけれど、デバフを撒き散らしながら登場するとは予想外だった。めまい・平衡感覚麻痺ってなかなかえげつないよね。しかもアンデッドの方は全く問題なさそうに動いているのがなお憎い。確かに内耳なんてなさそうだもんね……。

これで人間側唯一の有利である動きの素早さに制限がかかってしまった。アンデッドは耐久性が高く、痛覚もないので腕一本になっても攻撃を仕掛けてくる。その上疲労感も感じないようで動きに変化が一切ない。正直圧倒的に強いと思う。にもかかわらずここまで互角に戦えていたのは、ひとえに向こうの動きの遅さのお陰だったのだ。人間側は既に疲労感が拭いきれない。このタイミングでデバフによってこちらの動きの利点が相殺されてしまうのは正直かなり厳しい……。

神官ならこのデバフを消せるのかもしれない。けれど呼んだところで彼らが門の前からこっち側に来てくれない事は、遺物を通した音声会話でなんとなく察している。頼るならば我々が後ろに下がるしかないだろうけれど、そうなればアンデッドも一緒になって門に殺到してしまう。うん、却下だ。

元々僕の分隊員には、子爵令嬢が現れたらそれとなく通すように通達はしていた。けれど、まるで大名行列のように子爵令嬢の後ろには追加のアンデッドがぞろぞろとついてきている。さすがに彼らも一緒に通す訳にはいかない。なんとかして子爵令嬢だけにしないと……。

今までは、矢に魔力を付与し、アンデッドを射たタイミングで魔力を通じて火魔法を発動させていた。この方法は確実ではあるけれど、目の前に現れた行列相手には効率が悪すぎる。どうにかして一気に片付ける事は出来ないだろうか。

「ヴィオラ、ちょっと。矢に最初から火魔法をエンチャントした状態で射って、子爵令嬢の後ろから一緒に来てるアンデッドを直線上に燃やしたいんだけど……、矢が燃え切る前に高速で何体ものアンデッドを貫通させて射貫く事って……出来る？」

「そうね……、一応念の為にこんなの作ってきたんだけど……これを使えばなんとかなるかしら？」

ヴィオラが取り出したのは鉄で出来た矢。鏃《やじり》から矢筈《やはず》まで全て鉄で出来ていて、確かにこれなら木と違って燃えはしないだろう。でも一つ疑問が。

「これ、飛ぶの……？」

現実で木や竹以外の矢はいくつかあるけれど、最近はカーボンやジュラルミンであって、さすがに全体が鉄で出来ている矢は見た事がない。重さは木製の比じゃないだろうし、すぐに落下してしまわないだろうか。

「現実では分からないけれど、ここでは飛ぶ事を確認したわ。実は、耐火性能のある矢が欲しくて試行錯誤をしてたの。普通に作った矢に耐火性のある革を貼ってみたりとか……でも数を作るなら、型を作ってそこに流し込めば量産出来る分、これの方が楽だなって結論に至った。素材は掘れば良いだけだし。ま、今の弓じゃ負荷に耐えられなくて一回で壊れるから、予備が必要なのが課題ね」

「確かにこれなら燃えないけど……溶けないかな」

「多分ある程度行った所で溶けるでしょうけど。この場合は丁度良いでしょう？　むしろ飛びすぎるくらいで困っているから」

「なるほど。今までの矢以上にアンデッドを貫通出来そうだし……、ある程度飛んだ所で溶けてくれないとうっかりアンデッド以外の人に当たる可能性があるもんね。じゃあ、その矢に直接火魔法をエンチャントするから、えっと……なるべくぎりぎりにエンチャントするようにするけど、熱いし痛いと思う。ごめんね」

「熱風はともかく、火傷は痛覚設定をいじってるから平気よ。まさか貴方、本当に痛覚もＮＰＣ並なの？」

「え？　あ、そうか。痛覚設定……。うん、まあ今日怪我した所とかも普通に痛いよ。だから僕は、全力で避ける事にしている！　……お、今なら良い感じに直線上にアンデッド以外は居ないし、やっちゃおうか。念の為遺物で告知をして……こちら中央遊撃分隊Ａより中央各分隊長へ。アンデッドの行列に対して、一直線に矢を射ます。火魔法による火傷も考えられる為、近くに居る方は少し離れてください……うん、これでよし。ヴィオラ、お願い」

僕の言葉にヴィオラは頷くと、鉄で出来た矢を弓で引き絞る。僕はその矢に集中し、まずは自分の魔力をエンチャント。それから火魔法をその上に発動するようにイメージして……。

バシュンッ！

勢いよく放たれた矢の貫通力は凄まじく、二列に分かれて行軍していたアンデッドのうち一列を貫いた。けれど火の威力が弱すぎる。もっと強く燃えてくれれば……。絶る思いで念じていると、アンデッド達は、一瞬で業火に包まれた。

続けて二発目。新しい弓を素早く取り出し、残った一列に対して矢を放つヴィオラ。こちらも問題なく貫通し、先ほどと同じように念じた結果、アンデッドが燃え上がる炎で辺りはまるで昼間のような明るさになった。大成功だ。

「うん、バッチリだね。じゃああとは子爵令嬢だけど……お話し出来るかなあ」

子爵令嬢は凄い勢いで僕達を睨み付けてきている。そりゃあ自分の部下を火達磨《ひだるま》にされて怒らない人は居ないか。でも、貴女と話すのに邪魔だったので……、許してください。

「貴女が、ペトラ・マカチュ子爵令嬢ですか？」

——そうだと言ったらどうするのかしら？

「どうもしませんよ。ただ貴女と話をしたくてちょっと強硬手段をとらせていただきました。ご無礼をお許しください」

——ふん……それで話とは？

「貴女の目的について。僕の予想が正しければ、貴女の目的は、ヘルムート・マカチュ子爵と、貴女の愛した男性、マークさんへの復讐だと思うのですが」

——だとしたら止めるつもり？

「いいえ、止めません。ですがお伝えしたい事と、お願いしたい事があります。まず一つ目……復讐するのであれば、他の方へ迷惑がかからないようにしていただけますか？　具体的には今の状況の事を言っていますが。二つ目……マークさんは既にこの世には居ません」

——それはどういう事なの⁉

ただ淡々と僕の質問に対して返答をしていた子爵令嬢が、初めて取り乱した。それだけマークという男性は彼女にとって大事なのだろうが……やり方を間違えた彼女には全く同情出来ない。

「貴女が惚れたくらいです、マークさんの性格は分かっていらっしゃるのでは？　貴女が無理心中を決行したあと、彼は一命を取り留めた。そして……ここに戻って来たあと、わざわざ貴女の父君に事の顛末を話し、貴女の遺体を森から連れ帰ってほしいと言ったそうですよ。結果として、貴女の父君は激昂してマークさんを殴殺しました」

——無理心中……？　いえ、それよりもお父様が、そんな……事を……。

「貴女が子爵に復讐をする事を止めるつもりはありません。ですが、これだけは知っておいてほしい。貴女が今回、……怨霊でしょうか？　そのような姿で蘇ってしまった理由。それはひとえに貴女の今までの行いによるものです。お気付きかもしれませんが、貴女の遺体はきちんと供養される事なく、森に打ち捨てられたままでした。子爵はともかく王都の人々すら皆貴女に同情しなかった。だから祈禱を行ってもらえなかったのです。その事はきちんと理解していただきたい。そして貴女は今、被害者面をしていますが……真の被害者はマークさんとその婚約者であるドロシーさんです。一つ目のお願いも踏まえて、話を聞いた今、貴女はどうしますか？　返答次第ではこの場で戦いを挑ませていただきますが」
――あ、あなたが嘘をついてる可能性もあるもの……本当にマークが死んだのか、確かめたいわ。

「まあ、それくらいなら多分。町の人に危害を加えないとお約束していただけるのであれば。勿論監視役はつきますが」
――良いわ。約束は守ります。ペトラ・マカチュの名にかけて。

「では失礼して……あー、遺物で相談したら子爵がしゃしゃり出てきてしまうのか。でも僕がここを離れる訳にもいかないなあ。どうしよ……ご令嬢、姿を見えなくする事は可能ですか？」
――それは勿論、幽霊だもの。

「では、門を通る際は姿を消してください。門の前にはマカチュ子爵が居ますから。……ヴィオラ、分隊の中で誰か一人ついていける人は居るかな」

「……皆、良いかしら。今子爵令嬢と話している所なんだけど、マークさんの死を確認したいから中に入りたいそうよ。誰か一人彼女に付き合ってあげてくれないかしら。ごめんなさい、私達が行けたら良いんだけど……。助かるわ、じゃあ待っているから一旦来てもらえるかしら。分隊長、ナナが来るそうよ」

「ありがとう。……ではご令嬢、私の仲間が貴女と共に中に入りますので、くれぐれも、絶対に、なにがあっても、誰にも迷惑をかけずにマークさんの事を確認してください。満足したらこちらに戻って来ていただけますか？　可能であればなるべく早くしていただけるとありがたいです。そろそろ僕らもアンデッドを相手にするのが辛いので。もしくは中に居る間、一時休戦していただけると」

──そ、それは駄目よ。あなたが嘘をついていた場合、私に不利だわ。なるべくすぐに戻ってくるから、もう少しだけ待っていなさい。

事前に聞いていた性格よりは話が通じるけれど、これ以上の交渉は悪手かな。想像よりも見た目が幾分幼いし、癇癪を起こされてアンデッドが活性化、なんて事になったら困る。仕方がない、ここは素直にナナとご令嬢が戻ってくるまで頑張るとしよう。

「分かりました、ではお待ちしておりますので。ナナ、悪いけど補給する物資があるから直接取りに行く……、とかなんとか誤魔化して入ってほしい。子爵と神官辺りに勘付かれたら面倒だから」

遺物の通話内容やヴィオラからの情報によると、神官は高慢で冒険者を馬鹿にしているらしいので警戒するに越した事はない。本当は同じ魔力なのに神聖力という物があるかのように説いているって師匠も言っていたしね。

「うーん、勝手に許可しちゃったけど、完全に越権行為だよね。でも総隊長の許可を取る為には遺物を使う必要があるし……。まあこの流れで中で暴れるとかはないと思うんだけど、様子が分からないのは不安だなあ」

「補給部隊と食料部隊にマークさんとドロシーさんの家の周りは監視してもらっているでしょう。なにかあればそっちから連絡が入るはずよ」

「そっか。そうだよね。……どうか、何事もなく戻ってきますように」

【総合雑談】ＧｏＷについて熱く語る３【暴言禁止】

雑談スレッドです。特にジャンル縛りはないので、ご自由に。
荒らし・暴言禁止です。
※運営側も時々確認しています。発言には気を付けましょう。

401【名無しの一般人@レガート帝国民】
なるほど、これだけ大規模だったらそりゃ指揮する人が必要だよな。

402【名無しの一般人@カラヌイ帝国民】
・総隊長：ギルマス→わかる
・右翼部隊長：高ランクＮＰＣ冒険者→わかる
・左翼部隊長：高ランクＮＰＣ冒険者→わかる
・中央部隊長：マカチュ子爵→やばそう

403【名無しの一般人@アルディ公国民】
政治的な問題なんだろうなとは思うけど、命が懸かってる時まで駆け引きとか馬鹿じゃねーの、と思う。
あと「娘の件で責められたから手柄を立てなきゃ！」で参戦するなら部隊長より一兵卒で頑張れよと言いたい。

404【名無しの一般人@カラヌイ帝国民】
結局のところただのパフォーマンスだから……

405【名無しの一般人@アルディ公国民】
パフォーマンスの為に命を預けなければいけない一兵卒の皆さんが不憫すぎる。

406【名無しの一般人@レガート帝国民】
分隊長に選出されたプレイヤーほとんど居ないけど、何を基準に選出してるんだろう。

407【名無しの一般人@アルディ公国民】
なんかの熟練度関係とか？リーダーシップ的な。
経験者の方が上手そうじゃん？

408【名無しの一般人@シヴェフ王国民】
名前見る限り分隊長格のＮＰＣは普段からパーティのリーダーやってる人。
やっぱ人に指示出し慣れてる人じゃないかな。それが熟練度として内部的に数値化されてそう。

409【名無しの一般人@アルディ公国民】
んじゃ蓮華って人はヴィオラって人とパーティ組んでるから分隊長？
でもどちらかと言えばヴィオラの方が指示出し経験ありそうじゃね？

410【名無しの一般人@レガート帝国民】
ゲームではそうかもしれないけど、もしかしたら現実では指示出し経験あるかもよ。
結構社会人とかだと会社で役職ついてたらそういう経験ありそうじゃない？

◇

457【名無しの一般人@シヴェフ王国民】
いよいよ始まるぞおおおおお！！！！

458【名無しの一般人@シヴェフ王国民】
うおおおおおおおおおおおおおおおお！！！！

459【名無しの一般人@レガート帝国民】
誰か配信よろ！

460【名無しの一般人@カラヌイ帝国民】
誰か配信よろ！！

461【名無しの一般人@アルディ公国民】
誰か配信よろ！！！

462【名無しの一般人@シヴェフ王国民】
他国民が謎の結束力を見せている……。
まあ頼まなくても配信者はみんな配信してるだろ。
それよか、ギリギリになってから次々に打開方法が展開されたのは良き。
とくに子爵の件、うまくいけば被害抑えられそう。

463【名無しの一般人@アルディ公国民】
俺らのとこでもそういうやり方あるんかなー。こっちも背景突き止めてみよーぜ。

464【名無しの一般人@アルディ公国民】
>>463　ずっと思ってるんだけどうちって公国だろ？　公国って貴族が統治してるよな？
どこの国の貴族なのか、大元の国家がどうなってんのか知らないんだけど、その辺今回関係無いのかね。

465【名無しの一般人@シヴェフ王国民】
夜八時から朝四時までっていうと八時間？ってことは現実時間で二時間ちょっとって感じか。
制限時間としては丁度良いけど、はたして子爵令嬢がどれ位で現れるかだな。
序盤で来たらすぐ終わって拍子抜けしそう。

466【名無しの一般人@シヴェフ王国民】
・無力化しきれなかったらイベント失敗で翌日以降に持ち越し
・王都のＮＰＣが半分以上亡くなったら失敗
これ王国滅亡とかそういう方向に行くんかな……？

467【名無しの一般人@シヴェフ王国民】
>>466　初回イベントで所属国家消失とか悲しすぎるけどあり得そうな

んだよなー実際ｗ
まぁ王都壊滅したからってすぐ国が消えるわけじゃないだろうけど……、いや、王族皆死んだら無くなるか。
シヴェフって丁度国の真ん中に王都って感じだから王都陥落したら即効で衰退しそうだしな。

468【名無しの一般人＠シヴェフ王国民】
バフ料理って現状種類何ある？　まだどれ買うか決めかねてるんだけど

469【名無しの一般人＠シヴェフ王国民】
・熟練度獲得量増加
・被回復量増加
・物理攻撃力増加
・攻撃速度増加
・魔法威力増加
・防御力増加
多分こんだけ。
でも現時点で買ってなかったらぶっちゃけ手に入るかわかんねーぞ。
今回のイベントで有用な料理は限られてるから、ピンポイントで品薄だし。
そもそも食料難だから数用意出来ないみたいだしな。

470【名無しの一般人＠アルディ公国民】
確かに今のプレイヤー職業で対アンデッドって考えたら「熟練度獲得量増加」で今後の為の自己投資するか、「防御力増加」で戦線崩壊しないように耐えるかの二択か？

471【名無しの一般人＠シヴェフ王国民】
今更なんだけど初回のイベントにしては難易度鬼畜過ぎないか？
どう考えても殲滅間に合う気がしない。

472【名無しの一般人＠シヴェフ王国民】
正攻法じゃない、って例の情報提供者二人は言ってたけど、運営的にはあっちを正解として用意してるんじゃないかって気がしてる。ごり押しだけじゃなくて頭を使う方法を学んでね、っていうチュートリアル的要素を含んでるんじゃないか？

◇

540【名無しの一般人＠シヴェフ王国民】
悲報：開戦するまでマカチュ子爵は言葉を発さず（予想通り）。

541【名無しの一般人＠カラヌイ帝国民】
蓮華くんの配信見てたけど、子爵のんきに飲み物飲んでて草ｗ

542【名無しの一般人＠アルディ公国民】
全然今回の件責任感じてないし挽回する気もねえだろｗｗｗｗ
もうこの世から引退してもろて……。

543【名無しの一般人＠レガート帝国民】
中央の部隊長ってところに作為を感じるｗ
子爵令嬢が門突破しようとしたら絶対鉢合わせるよな、これ。

544【名無しの一般人＠カラヌイ帝国民】
中央遊撃分隊Ａチームワーク良いな。
蓮華くんも料理のバフ切れるタイミングとか見て事前に取り決めしてるの良いじゃん。
思ったよりちゃんと考えてる（失礼）。

550【名無しの一般人＠アルディ公国民】
ロストテクノロジーとかいうやつ、突然のトランシーバーで笑ったんだけどｗ
もっとなんかこう、違う方法想像してたわ。

551【名無しの一般人＠カラヌイ帝国民】
俺もファンタジーな感じ想像してたわ。
隊長格の皆さんの頭の中に直接……！みたいなやつ。

552【名無しの一般人@レガート帝国民】
運営が配信映えを考えた結果でしょ笑

◇

568【名無しの一般人@レガート帝国民】
嗅覚麻痺に食欲低下……アンデッドを相手するなら鼻栓が必須か？ｗ

569【名無しの一般人@アルディ公国民】
まじかこれ。初見でこんなの辛すぎるだろ……。
シヴェフ王国プレイヤードンマイ過ぎるんだが？

570【名無しの一般人@カラヌイ帝国民】
せっかくのＮＰＣ魔術師系は右翼と左翼に集中してるんだな。
神官にいたっては東門の前から動かないしよ……。

571【名無しの一般人@シヴェフ王国民】
補給部隊に居るからちょいちょい神官にも物資提供してるけど、めっちゃ高圧的で腹立つところの騒ぎじゃない。
魔術師がアンデッド燃やしてるのに関しても、「なんて野蛮な」とか言ってんだけど、じゃあお前らもっと前線に立ってご自慢の神聖力でアンデッドを一斉浄化してくれよと言いたい。
実際に前線に行ったらゾンビの腐臭に耐えきれずに退散するのがオチだと思うけど。

572【名無しの一般人@アルディ公国民】
神官って教会だっけ？
もうなんか教会自体腐ってそうな感じするなその態度ｗ

573【名無しの一般人@レガート帝国民】
そういう奴らに限って、浄化した後の遺骨とか埋葬しないで放置してそう。

◇

581【名無しの一般人@アルディ公国民】

てか実際のところ、本当にどっかの配信者の疑問は的を射てる気がする。

年に一回浄化してる森でこんなにスケルトンが居るっておかしいし、ゾンビ系の数も不自然。

人死にすぎでは？　これもなんかの伏線かなー。

気になるけど見てたらネタバレになりそうっていう悩みどころｗ

582【名無しの一般人@カラヌイ帝国民】
>>581　でもアルディ公国は来週末だろ？
こっちなんてまだトリガー見つけられてなくて進展ないからさ。
ネタバレって意味では全部なんだよなあｗ
もはや他国の配信が攻略Ｗｉｋｉ状態。

583【名無しの一般人@レガート帝国民】
>>582　攻略遅くて他国の情報見ながら出来る俺らは利点がある。
けど配信見て情報として知っているから、やらなくて良いと判断してスルーした結果色んなことを見逃してる可能性もある。

どっかの誰かが前に「食肉どうせ狩れないから依頼受けてなかった」けど、その結果ちゃんと「食肉狩れませんでした」って報告してる人と比べてギルド内部の信用度低くて、同じことを聞いても情報貰えなかったって発言してたよね。

まさにそれと同じかなーって今思って必死こいて自力で考えて動いてる。

と言いつつ、ついつい配信見ちゃうわけだけど。

◇

599【名無しの一般人@アルディ公国民】
出たｗ　クズ子爵ｗｗｗ　急にしゃしゃり出て来たぞｗｗｗ

◇

615【名無しの一般人@シヴェフ王国民】
はー！
「指揮官ごっこがしたいのであれば、どうぞ他を当たってください」
まじでかっけえ蓮華様！！！近くで聞いててしびれたわー！！！！

616【名無しの一般人@カラヌイ帝国民】
>>615　いやお前ｗｗｗ
近くで聞いてるなら戦闘部隊だろ仕事しろよ!?
なんでここに居るんだよ!!

617【名無しの一般人@アルディ公国民】
まさか……シヴェフ王国が苦戦しているのは、配信者を近くで見たいというファン心理の戦力外プレイヤーが多いからか……!?（愕然

618【名無しの一般人@レガート帝国民】
>>617　落ち着け、アンデッドに対抗できるプレイヤーが少ないのは事実だ。
ＮＰＣ魔術師いるし、と思ってたらとんだ罠だったな……。
まさかＮＰＣの大半が両翼に配属されるとは……。中央手薄すぎて笑う。
プレイヤー向けチュートリアルなんだろうけど現実でこの布陣はヤバイよ……。

◇

631【名無しの一般人@アルディ公国民】
いやー、プレイヤー魔術師二人めっちゃ頑張ってるね。
片方の人の腰が気になるけどまじで何これ？

632【名無しの一般人@レガート帝国民】
>>631　相棒のスケルトン様の腕だよ。壊れた剣の代わり。
本人の了承はちゃんと取ってあるから(´∀｀)b
詳細はここ見ろ　[リンク]

【個スレ】名前も呼べないあの人【ＵＩどこぉ】

名前を呼びたくても呼べない、あの人に関する話題です。
なんでＮＰＣすら名前呼ばないの？　怖いんだけど。
※運営側も確認してあげてください。何だかおかしいです。

413**【闇の魔術を防衛する一般視聴者】**
もう全部がかっこよすぎてヤバい。
指揮が想像以上に様になってるし、「指揮官ごっこがしたいのであれば、どうぞ他を当たってください」もしびれるし、さっきのアレは何？

414**【闇の魔術を防衛する一般視聴者】**
龍炎舞!!
かっこよかったけどちょっと技の名前叫ぶの恥ずかしがってるのが個人的にヤバい。
とりあえずヤバい。

415**【闇の魔術を防衛する一般視聴者】**
他のプレイヤーのファン的にはアレかもしれないけど今回蓮華君まじで大活躍じゃん。
俺等的には最高。

416**【闇の魔術を防衛する一般視聴者】**
子爵令嬢きたあああああああ

417**【闇の魔術を防衛する一般視聴者】**
蓮華くんの推理が当たってたわけか。
でも更にアンデッド引き連れてきてるのやばいじゃん。
これ以上はさすがに……龍炎舞で結構魔力減ってそうだけど大丈夫なのか？

418【闇の魔術を防衛する一般視聴者】

「内耳麻痺」かあ……これアンデッドとか関係無くこの先も咆哮系の攻撃されたら食らいそうなデバフだなあ。
めまいとか平衡感覚麻痺とか厄介過ぎん？

419【闇の魔術を防衛する一般視聴者】

みんなやばいしか言ってないのやばいｗｗｗ
ここのスレ民突然語彙力死んだｗｗｗ

420【闇の魔術を防衛する一般視聴者】

>>419　お前もなんだよなあ……

Side：ナナ．一

――愚かだと思うでしょう。

「え？」隣に居る――姿は見えないけれど、空間が揺らいでいるので居ると思われる――ペトラさんが突然話しかけてきたので、私は間の抜けた声をあげてしまった。

――婚約者のいる男性にしつこく迫った挙げ句、自殺をして、彼を巻き込んで。私を、愚かだと思っているでしょう？

「愚か……まあそうですね。でも、それ以上に色々と思うところはあります。愚かの一言で片付けたくはありません」

先ほどからずっとペトラさんに感じていた事を、感情的にならないよう努力しながら告げた。

――そう。そうよね。さっきあなたの所の分隊長だったかしら？　彼に色々言われて、今更だけど少し考えていたの。私は、お父様と対峙する前に、自分自身の行いと対峙する必要があるのではないかと……。だから、あなたが私になにを思っているのか話してくれないかしら。

思いの外素直なペトラさんに、私は少しだけ拍子抜けした。事前に伝え聞いていた情報では、もっとわがままで高慢で、自分の事しか考えない人物だと思っていたんだけど。

「じゃあ……。正直に言いますが怒らないでくださいね。先ほどから見ていて感じたのは……、貴女はマークさんが亡くなった事に対してしかなにも感じていないんだな、という事です。『マークさんが子爵に殺された。それが事実なら、子爵を許せない』。それくらいしか伝わってきません。他に思う事はないのでしょうか。……私の父は事故で亡くなりました。浮気相手との旅行中にです。母は思う事がたくさんあったと思います。でも、私はまだその時幼かったので、単純に『見知らぬ人に自分の大切な家族を奪われた』という悲しみと憎悪が入り交じった感情をずっと抱えていました。でも、その見知らぬ人も事故で亡くなっていて、責める事すら出来なくて、とても辛かった。立場や状況は全然違いますが、ドロシーさんや、マークさんのご家族は同じ事を感じたと思います。貴女に突然マークさんを奪われて、でも元凶の貴女は既に亡くなっている。誰を責めれば良いのか分からない。もっと酷い事に、貴女の父親は子爵……貴族です。慰謝料すら貰えないでしょう。むしろ娘をたぶらかしたとか、逆恨みで色々言われた可能性も十分考えられます。……私の母も相手の家族に散々責められましたから。貴女は、彼女達の気持ちを考えた事はありますか？　少しでも、申し訳ないと思いましたか？　正直な話、少しでも後悔していれば、今この状況にはなっていないと思います。アンデッドを大量に引き連れて、王都の人達も巻き込んで。今東門で戦っている人達が全員無傷だと思いますか？　アンデッドが出た影響でここしばらく、王都は食料難でした。餓死した人が一人も居ないと思いますか？　貴女はきっと、森で誰にも供養されず、苦しんだんだと思います。だから悪霊になったのだと。でも、そうなった原因を少しで良いから考えてみてください。どうして誰も貴女を楽にしてあげなかったのか。どうして森に放置されたままだったのか」

ゆっくり、丁寧に話すつもりだったのに、話しているうちに昔の事を思い出して、感情的に一気にまくし立ててしまった。しまったと思って口を閉じるが、ペトラさんは沈黙している。

どうしよう、怒っただろうか。もしこれが現実であればただの喧嘩で済むけれど、今はゲーム内の大規模イベント中。私の発言が原因でペトラさんが暴れて、クエスト失敗なんて事もありうるのだ。気を付けなければ、と分かっていたはずなのにやってしまった。

「あ、ええと……」とフォローすべく、私が口を開いた直後、ペトラさんはゆっくり話し始めた。

――森に居た時、私は……。どうして私だけ誰にも見向きもされず、祈禱をしてもらえないのかと、恨みながら過ごしていたわ。森で考える時間なんか山ほどあったのに、私はずっと「悔しい、苦しい、悲しい」と自分自身を憐れむだけだった。

――でも、そうなった理由があったのね。自分の行いを考えれば当然の事だったのね。私がずっとお父様にされてきた事を、私もまた、他の人にしてしまっていたのね。

――皆にどう思われていたのか。私の行いがどういう結末をもたらしたのか。今更、本当に今更だけれど、なにが悪かったのか気付けた。貴女と話せて、本当に良かった。

――……門の外に戻りましょう。マークの事を知りたいからと入ってきたけれど……今更ご家族に合わせる顔なんてないわ。会って謝罪するのも一つの選択肢でしょうけれど……、かえって刺激してしまう気がするわ……。

「そう……そうですね。会うべきなのか、会わない方が良いのか、どちらが正しいかは分かりません。それなら、そっとしておくのも一つの選択だと思います。……戻りましょうか」

私とペトラさんは、補給部隊からカモフラージュの為の物資を受け取ってから来た道を引き返し始めた。

　もしかしたらドロシーさんやマークさんのご家族は、ペトラさんと直接会って、責めるなりした方が前を向いて生きていけるのかも。でも、すでに吹っ切れていて、新しい人生を歩んでいる可能性もある。そうなったら、ペトラさんの来訪が混乱を招くだろうな、って。

　もし仮に今、父と一緒に亡くなった女性が私に会いに来たとしても私はどんな顔をして会えば良いのか分からない。だから、会わないのも一つの選択だと思ってペトラさんの意見に同意した。


「分隊長、戻りました」

「あれ？　お帰り、随分早かったね？」

　──彼女と話していて、自分がしている事がどれだけ自分勝手なのかが分かった。だから確認せずに戻ってきたの。

「そうですか。それで、結局どうするか答えは出ましたか？」

　──お父様……マカチュ子爵に関しては、今回の事に限らずどうしても許す事が出来ない。私なりのけりをつけたいから子爵との対面について許可してほしいわ。マークには……、元々なにもする気がなかった。ただ私の事を忘れないでほしくて、勝手だけど私の装身具を渡したかっただけ。マークがもう居ないと分かった今、なにも望む事はないわ。……私がマークに変な事を頼んだせいで彼が亡くなってしまったなんて、悔やんでも悔やみきれない。それからアンデッドに関しては私が消えれば元の死体に戻るでしょう。だからもう少しだけ、待っていてちょうだい。

「そうですか。子爵に関しては……、親子喧嘩に僕達の許可は要りませんよ?」

――親子喧嘩、ね。ありがとう。ああ……最後に一つだけ。私が今ここにこうしているのは、私の意志ではないわ。……というと語弊があるかもしれないけれど……私一人の力でこんな事態は引き起こせない。

――私の憎悪感情を肥大化させて悪霊化させ、アンデッドを大量に森に召喚した上で、私に操る力を授けてくれた人物が居るのよ。多分ネクロマンサーだと思うけれど……その人がなにを考えているかは分からない。ただ、この世界にとてつもない恨みを持っている……恐らくね。だから、この先も似たような事が起こるかもしれない。それだけは覚えておきなさい。

「ネクロマンサー……真の黒幕、という事ですね。覚えておきます。ご忠告、ありがとうございます」

――じゃあね。少しの間だけど、久々に人と話せて楽しかったわ。それと、これをあげる。

そう分隊長に告げて、ペトラさんはまた門の方面――子爵の許へと進んでいった。

一瞬、ご令嬢の言い回しに違和感を感じたけれどそれがなんだったのか、考える前に分隊長が貰った物が気になって忘れてしまった。なにを貰ったのだろう。聞いてみたい気がしたけど、アンデッドがまだそこかしこに居るせいで会話もままならない。

「じゃあ皆、ご令嬢と子爵の喧嘩が終わるまで、あとちょっと頑張ろうか」

にこにこと笑いながら分隊長は言う。喧嘩の結末がどうなるか分かっているだろうに軽く言う辺り、爽やかさとはほど遠いなあ、なんて私は思わず笑ってしまった。まあ、分かっていて目をつぶっている私達も同罪なんだけどね。

だってやっぱり、私は子爵を許せそうにない。一方的にお母さんを責め続けて、多額の慰謝料まで要求してきた不倫相手の夫のように。

Side：とある配信者．一

――お父様、お話がございます。

突然響いた声に、俺は思わず辺りを見回した。別に声が聞こえたってなんら不思議はないんだけど、何故かよく響くし、内容がこの状況に不似合いだと思って気になったのだ。

次の瞬間、俺の視線の先に、黒いもやをまとった、豪華なドレスを着た女性が現れた。

次いで、「お前は……ペトラか？」と、その女性に見覚えがあったらしいマカチュ子爵の声。

ああ、マカチュ子爵《クズ》の娘さん……って事はこの騒動の原因って噂されてる、無理心中の令嬢か。

――お久しぶりです。覚えていてくださって光栄ですわ。正直、忘れられてると思ってましたの。

また随分と喧嘩腰な……いや、当たり前か。彼女は子爵に恨みがあってこの場に居るんだろうし。

「ふん……育ててやった恩も忘れた挙げ句、平民と無理心中だなどと恥さらしな事をして家名に泥を塗ったのだ、忘れたくても忘れられるものではないわ」

――……無理心中……変ですわね。私はそのような事、微塵も考えていませんでしたのに。でも……、結果的にマークが亡くなってしまった事は事実です。ですから罪は甘んじて受け入れますわ。

ただ、一連の出来事にはお父様にも責任があるのだと、今日は分かっていただきたくて参りましたの。

「なんだと？　私のどこに非があったというんだ」

——あの事件を私が起こす少し前……お父様がお決めになった縁談ですわ。私も貴族の端くれですから、婚姻は政治的結びつきの為に行う覚悟は出来ておりました。その為の努力もしっかりとしてきたつもりです。ですが、お父様は……私をお売りになった。私にかかる持参金を払いたくないが為に、私が死ぬのを分かっていて黒い噂の絶えないあのお方との縁談を用意しました!!

「はっは、そんなもの、ただの噂じゃないか。私はお前の為を思ってあの縁談を組んでやったんだ。侯爵は齢七十を優に超えていた。結婚しても少しの間我慢すればお前は未亡人になり、侯爵夫人として一生安泰だったものを……」

——嘘をつかないでくださいませ！　私は侯爵様から直接、はっきりと！　この耳で！　噂の真相についてお聞きしたのです。持参金の受け取りどころか、むしろ侯爵様の方がお父様に支払いをして私を手に入れたのだと！　その上、その後なにが起ころうと一切子爵家から抗議はしない事と、私の生死について一切問わない事を契約書にまとめて締結した事。そして……過去の侯爵夫人方の末路についても……！

——私が結果的にマークを巻き込んでしまった事については言い逃れをしませんし、お父様が私を売ったお金で領地を立て直すのであればまだ諦めもつきます。でも、お父様は私腹を肥やすつもりでしたよね？　その為に私が死ぬのは許せませんでした。どうせ死ぬのであれば貴方に一矢報いたかったのです。……それで、侯爵様との契約はどうなりましたか？　白紙に戻って返金せざるを得なくなったのであれば、私としては喜ばしいのですが。

きな臭い話に、俺は耳を疑った。つまり、彼女は自分が殺される事を察して、父親に復讐する為に自殺を図った？　一人で死ぬのが嫌で、マークを無理に連れていったという事か。……いや、彼女の口ぶりからすると、無理心中をするつもりもなかったようだ。一体全体どうなっているんだ？

――私がマークを巻き込んだ事で、このような姿になっているのは自業自得です。ですが、こうなったからこそ、ようやくお父様を連れて行けると思うのです。お父様、一緒に地獄へ参りましょう？

笑いながら子爵に近付く令嬢。それまで馬鹿にしたような笑いを浮かべていた子爵も、最後の発言に泡を食ったように逃げ腰になった。おいおい、娘にした仕打ちと今の微塵も反省していない態度でなんで殺されないと思ってたんだ？

「なにを馬鹿な事を！　おい！　お前たちなにをしている⁉　早くこの化け物をなんとかしろ！」

顔に焦りを滲ませながらそう子爵が怒鳴り散らすものの、動く者は誰も居ない。それはそうだ、今回の件の責任を負うと言って参戦しながら、後方でずっと優雅に飲み物を飲んでいるだけ。そうかと思えば現場判断の報告には要らぬ口出しをしてかき回す。挙げ句の果てに娘を殺人鬼に売ろうとした上に、化け物呼ばわり？　一体誰が助けたいと思うのだろうか。

「そりゃそうだろ。中央はほとんどプレイヤーだから忠誠心なんて皆無だし。残り少ないＮＰＣだって、さっきの訳分からん命令で自分達が駒としか思われてないのを突き付けられた訳だしなあ……自分の命をかけて守るとかないわ」

勿論俺も助けようという気は微塵もない。元々戦闘に自信がなくて補給部隊を選んだのだし、助けたいと思わせる要素も一つもない。

むしろ配信をオンにしている今、子爵の最期を見届けられれば、多少なりとも視聴者数が上がるだろう。そんな事すら考えている。

まさに進退これ谷《きわ》まる、といった状況か。子爵は誰の手助けも得られないと判断すると、ようやく自分の腰に下げていた剣を抜いた。その様子に俺は、「一応帯剣はしてたんだなあ」なんて間の抜けた感想を思わず呟いてしまった。

「幽霊に物理攻撃って効くのかね」と呟いたのは俺の隣に居た見知らぬプレイヤー。いつの間にか、周りは観客プレイヤーで溢れ返っている。これだけの人数が集まっておきながら誰も助けないなんて、子爵の人望のなさは一級品だ。

「さあ……効かない気がするけどな」と俺は答えた。そもそも子爵の手はぶるぶる震えているし、まともに剣を握れてすらいない。正直、このゲームを始めた頃の俺よりひどいレベルに見える。仮に剣が令嬢に効くとしても、当たるかすら怪しいのではないだろうか。

しかしまさか、神官も見て見ぬ振りとは。さっきまでまともにアンデッドの相手をしていなかったのに、急に働き出したのだ。大方、仕事に集中していて気付かなかったとでも言うつもりなのだろう。クズっぷりは子爵と良い勝負である。

まあ、子爵家はあまり金銭的余裕がなかったようだし……お布施も……全然貰ってなかったんだろうな。貰ってたら少しは考えただろうし。もしくはもうちょっと高位の貴族だったら助けたのか？

哀れというかなんというか、子爵は必死に剣を振り回していたけれど、結局令嬢の身体をすり抜けるだけで、全く意味のない代物だった。

そしてゆっくりと近付いてきた令嬢に抱き付かれ——子爵の身体は急に制御を失い、ぱたり、と倒れ込んだ。なんともあっけない最期である。

動かなくなった子爵を見て満足げに微笑んだ子爵令嬢は周りをゆっくりと見回しながら……、

——お騒がせして申し訳ありませんでした。私は先に失礼いたします。申し訳ございませんが、後片付けはお願いいたしますわ。

と、多分微笑みながら優雅に一礼して、彼女もまた綺麗さっぱり消え去った。立つ鳥跡を濁さずとはこういう事だろうか？

誰も口を開かず、しん、と辺りが静寂に包まれた。と思ったのも束の間、突然カラン、ガチャン、ころころ、と甲高い音がそこかしこで聞こえ始め、俺は慌てて周囲を確認する。

「……終わった、のか？」とは誰の呟きだろう。とにもかくにも、アンデッドは一斉に頽れ、あとに残るは大量の遺骨と腐った遺体だけ。後片付けの事を考えるとなんとも言いがたい感情が渦巻くもののひとまずは、

「「「終わったああああああああああああああ！！！！！」」」

とその場に居た誰とも分からぬ人物同士、熱い抱擁を交わしたのだった。

ちらり、と視線を右上に向けると、ゲーム内時間は午前一時ちょっと。現実時間は十一時半過ぎを指している。一時間半か。なんだか、長いようで短いイベントだったな。まあ、まだ後片付けも残ってるし、ギルドの評価とやらも確認しないといけない訳だけど。

「なにはともあれ、これで肉が食べられるようになる、か？」

俺はいい加減肉が食いたい。なにが悲しくて現実世界同様に節約して侘《わび》しい食事をせにゃならんのか。

「あーでもしばらくは肉を食べられる気がしねえなあ……」と、焼け焦げてひどい臭いを放つ遺体をぼんやりと見つめながら、俺は独りごちた。

拾．自己紹介と後片付け

「「「終わったああああああああああああああああ！！！！！」」」

あちこちで歓声が響く中、僕はとても気になっている事がある。

「なんか……骸骨《相棒》も一緒に喜んでるよね……。え、なんで動いてるの？　もしかして君はアンデッドではない……？」

正直、ここ最近ヴィオラと三人？　で依頼を受けたりしていた事もあり、完全に仲間意識が芽生えてしまって別れるのが辛いとは思っていた。思っていたけれども、彼？　もアンデッドなので、子爵令嬢が消えるタイミングで一緒に逝ってしまうのは仕方がない事なのだと受け入れていた。

「ぶ、ぶんたいちょー……なんでまだそのスケルトン動いてるんです？」とちょっと引き気味にナナ。いや、こっちが聞きたいんですよ。

「全然分からない……けど、一緒に喜んでる事だけは凄く伝わってくる……振動で……」

こっちは真面目に話してるのに、何故か分隊員達が大笑いしているのですが？

「ヴィ、ヴィオラに心当たりは？」

すがる思いでヴィオラに聞いてみるも、無言で首を横に振られました。というか多分、肩が震えている辺り絶対ヴィオラも笑いを堪えてると思います。

「仕方がない、どこかのタイミングでギルドマスターとかに聞いてみるよ……評価云々とか報酬受け取りとかで近々顔を合わせるだろうしね」

それが良いとばかりに頷く分隊員達。まだ肩が震えているけれど。

それはさておき、このあとはどうすれば良いのだろうか？　片付ければ良いのか、一旦休憩をとれば良いのか。本来なら部隊長辺りが指示してきそうなものだけれど……中央の部隊長は多分もうこの世に居ないのだろうし、左右の部隊長はアンデッドに打ち勝った事によりお祭り騒ぎ。……総隊長はまだお忙しいのかな？

「とりあえず……皆疲れたよね。指示があるまで休憩にしよう。あ、怪我した人は居る？　ナナがさっき中からポーションを持って来てくれたから、それを飲んで治して」

僕の言葉に分隊員は、誰ともなしに円を描くように座り始めた。改めて言葉を交わす丁度良い機会だ。

「皆、本当にお疲れ様！　特にぶんたいちょーとヴィオラさんはずっと動いてたし、ゾンビをあっと言う間に一掃しちゃうし、凄かったですね！」最初に口を開いたのはナナ。この軽快なトーク力で子爵令嬢を改心させたのかな？　彼女が居て本当に良かったなあ。

「いや、正直これ以上長引いていたら僕はＭＰが危なかったし、子爵令嬢が想定より早く戻ってきてくれたのは本当に助かったよ。ありがとう、ナナ」

「そういえば、子爵令嬢が出てきた時皆一斉にデバフかかったよな？　ヴィオラさん、あの状況でどうして一発でアンデッドを仕留められたんですか？　めちゃくちゃ凄くないですか⁉」

興奮しているのがプレイヤー名、「ガンライズ帝国様ご一行」。彼一人で何百万人分って事かな？個人的には帝国に「様」がついてるのが……とても気になる。

「いえ、別に……ちょっとした修行の成果よ」

ヴィオラはクールに答えているけれど、気のせいでなければちょっと照れている気がする。

ふむ……こうして改めて遺物で表示されるプレイヤー情報を見ていると、ナナとヴィオラみたいに名前らしい名前の方が珍しいみたい。今回は分隊員とのやりとりをヴィオラに一任していたけれど、多分僕だったら呼び方に困って声一つかけられずに終わっていた気がするなあ。例えば「末期症状」さんとか。一体なんの末期なのか……。

「そういえば、令嬢が子爵の所へ行く前に、変な事言ってませんでしたっけ？」と「たかしの父です」さん。一体たかしくんは何者なんだ……⁉

駄目だ、プレイヤー名が濃すぎて会話の内容が全然頭に入ってこない……。

「確かネクロマンサーが自分を悪霊に変えた上でアンデッドを召喚して、しかも操る能力まで授けてくれたとかなんとか……？　でしたよね、ぶんたいちょー？」

「え、あ、うん。そう言ってたはず。確かにここ一年の間に森で亡くなった遺体にしては数が多すぎるし、それ以前の遺体は祈禱を受けているはずだしおかしいなとは薄々感じていたんだ。謎が解けて良かったけれど、ネクロマンサーがどこの誰かは全く分からず仕舞いで終わっちゃったね。この先明らかになっていくのかもしれないけれど……」

「アルディ公国も似たような状況だし、もしかして四国全部のイベントの黒幕がそのネクロマンサーかもしれないな」

「ガンライズ帝国様ご一行」さんの声に僕らは全員頷いた。多分、世界を憎んでいるというネクロマンサーが同時多発的に主要四カ国に災厄の種を植えたとみて間違いない。

「まーとりあえずこれでシヴェリー王都《おうと》内の食料難は徐々に解消されていく、のか？　いい加減肉が食べたいんだよな」

「ガンライズさん、よくこの状況で肉を食べる気になりますね……？」

「たかしの父です」さんが苦笑しながら「ガンライズ帝国様ご一行」さんに返答する。なるほど、ああやってナチュラルに愛称をつければ良いのか。参考になるなあ。

「とっつぁんの年齢じゃ肉はきついか？」笑いながら言うガンライズさんに対して、「いや、違うそうじゃない」「私達も今は無理だよ」「歳じゃない、ゾンビの腐臭のせいや」と皆から一斉に突っ込みが入る。どうやらガンライズさんはボケ担当だったらしい。

「ところで……せっかく共闘した事だし、フレンド登録とか良いかな？」とナナ。

うんうん、と頷いて皆空中で腕を振ったりなにかをタッチしたりと大忙し。だけど残念ながら僕はそこに参加が出来ないのである。

「あ、そのぶんたいちょーは……無理ですよね？」と遠慮がちにナナが言う。この場合の無理というのは僕が拒否してるって意味で聞いてきてるの？　それともＮＰＣだから無理だよね？　と単純に確認してるだけなのだろうか？　普段から人と話をしないとこういう大人になりますよ、皆さん。

やっぱり紙の上以外のコミュニケーションは難しい。

「フレンド登録したいけど、僕はまだＮＰＣだからなあ。システムメニューを開けないし、フレンドは難しそう」

そう言うと、ナナはしょんぼりした様子を見せた。うう、ごめんね。僕がもっと血液さえ飲めればこんな事には……。

「あ、えっと、その、まだしばらくはエリュウの涙亭に滞在する予定だから。なにかあったら直接訪ねてもらえれば、その……」そこまで言ってから、僕は急に恥ずかしくなった。どうしよう。世間話の一環でとりあえずフレンド登録～なんて軽い流れの中で、突然滞在先に訪ねてくれ、なんていうのは、ちょっと重かったのではないだろうか。

「あ、いや、無理にとかじゃなくて、良ければっていうか、……ごめん」

焦ってしまって更に余計な発言をしてしまったり。羞恥心で顔が赤くなっているような気がして、僕は俯いた。本当、今ここに穴があったら入りたい……。

あれだけ会話が弾んでいたのに、僕の発言一つでしん、と静まり返ってしまって余計にいたたまれない。気のせいか、ちょっと鼻の奥がつんとして涙が出てきた気がする。あ、ゲームなのにこんなにリアリティがあるなんて凄いな……。でも今じゃない。僕のメンタルに追い打ちを掛けてくるシステムが憎い。

「え、え!?　ほ、本当に良いんですか!?」

静寂を打ち破ったナナの言葉に、僕は思わず顔を上げた。はて、彼女は僕が拒否すると思って聞いてきたのだろうか？

「う、うん……。勿論。僕が断ると思ってた……？」

というか、なんでナナは僕に対してだけ敬語なんだろう？　他の人もかな……いや、そもそも全然面と向かって話しかけられた記憶がなかったな。あれ、もしかして僕って嫌われてる……？　あ、確かガンライズさんだけは最初っからフランクに話しかけてくれてたか。勝手に心の友と呼ぶ事にしよう。

「だってぶんたいちょーってなんか近寄りがたいというか、ＮＰＣとしか関わらない主義なのかなってずっと思ってたので……」

「えっ……。だってほら……逆に皆どうやって他のプレイヤーと仲良くなるの……？」

「えー、だって最初のクエストで……あっ」

「クエスト……そうか、クエストで他のプレイヤーと強制的に顔合わせとかするのかな。僕はクエストなんてものが一つも発生してないから関わるタイミングが全くなかった……」

あと、どこに行ってもひそひそされるので誰かと仲良くなれる気がしなかったというのも実はある。

正直、ヴィオラが話しかけてくれなかったら僕は今回のイベントでも独りで浮いてた気がします……。

「あの、じゃあ本当に遊びに行っちゃいますよ！　それで、ぶんたいちょーがちゃんとプレイヤーになった暁には、絶対フレンド登録してください！」

「俺も勝手に遊びに行くから、仲良くしてくれよな、分隊長！」

ガンライズさん、大丈夫。君はもう勝手に僕の心の友に認定されている……。なんて雑談をしていた所に遺物特有の起動音が聞こえ、皆は一瞬にして指示待ちの顔になった。すごい、訓練された兵士みたいだ……。

『すまない、連絡が遅くなった。皆ご苦労さま。ゆっくり休んでほしい……と言いたいところだけど、さすがに門の前にこれだけの遺体が散らばってるのはよろしくないから、片付けまでは手分けして行ってくれ。特にゾンビ。大半は魔術師が焼いてくれてるはずだけど、もしまだ残っていたら引き続き対応を頼む。スケルトンに関しては門の前に集めておいてほしい。残念ながら身元を特定するのは難しいから、後々教会の方で身元不明のご遺体として一斉祈禱を行う事になると思う。あと、中央部隊については部隊長が不在だから、分隊長がそれぞれ指示してくれ。評価については各部隊長・分隊長からの聞き取り調査も行ってから決定する。各隊長格はこのあと遺物の返却の際に個別に会話の場を設けるので、スケジュールの調整をしておくように。以上』

中央部隊の部隊長は不在……か。あのあとすぐアンデッドが無力化したし、子爵令嬢が目的を遂げたのだとは思うけれど。

「ふう……それじゃあ、総隊長からの指示も出た事だし、片付け始めようか。僕はゾンビの火葬をするから皆はスケルトンを運んでくれるかな」

僕の言葉に分隊員は一斉に頷いて立ち上がった。休んでる間にＭＰが多少回復したので、ゾンビの火葬くらいであればどうにかなるだろう。あと一踏ん張り、最後まで頑張ろう。……このあとのギルドとの会話を考えると背筋が寒くなるけれど。

【総合雑談】ＧｏＷについて熱く語る３【暴言禁止】

雑談スレッドです。特にジャンル縛りはないので、ご自由に。
荒らし・暴言禁止です。
※運営側も時々確認しています。発言には気を付けましょう。

682【名無しの一般人@レガート帝国民】
「内耳麻痺」かあ。アンデッドにかかわらずマジで厄介な……。
耳栓とかで防げるんか？？？

683【名無しの一般人@アルディ公国民】
つまり俺等は来週までに耳栓と鼻栓を用意しておけと……。

684【名無しの一般人@カラヌイ帝国民】
>>683　鼻栓はともかく耳栓は……なに出てくるか分からないからなんともw

685【名無しの一般人@シヴェフ王国民】
>>683　異変の大元の原因は分かった？それだけでもだいぶ違うぞ。
魚のほうじゃなくて、誰が何のために急にそんな事し始めたのかって方な。

686【名無しの一般人@アルディ公国民】
>>685　魚の納品業者がアンデッドだったってことまでは分かったけど、その人達が何でアンデッドになったのかの根本的原因が分からん。

687【名無しの一般人@シヴェフ王国民】
>>686　納品業者がどこから来てるのかとか、ヤバそうな食品が魚だけなのかとか、絶対見落としてる点がある気がする。
そもそも魚だけなら他の食材調達すれば良いだけだし、まだ住人のアンデッド化が進んでるなら絶対別の原因もある筈。

◇

690【名無しの一般人@カラヌイ帝国民】
弓の人の命中率がえぐい。
弓使えるだけですごいのに「内耳麻痺」状態をものともしていない……。

691【名無しの一般人@レガート帝国民】
そこの分隊長やっぱ痛覚設定もＮＰＣと同様だったんか……運営はよ直してやれよ。

◇

701【名無しの一般人@レガート帝国民】
どうでも良いんだけど神官（というか教会）が腐敗、貴族優遇してマークくんの件も子爵に対して罰金程度しかとらなかったって、シヴェフ王国が終わってる気がするんだが??

702【名無しの一般人@シヴェフ王国民】
>>701　この位の文明レベルだと、大抵の国が貴族贔屓で国民のことは替えが利く存在としか思ってないよな。国民が居なきゃ国が成り立たないって発想がない。
現代なら車が暴走して人を撥ねたら車の責任だけど、ここだと馬車が猛スピード出してても避けなかった国民が悪い、って風潮だしな。世界観的には>>701のいう結末はおかしくもなんともないんだけど、現代に暮らす俺達からすればめちゃくちゃ腹が立つ。

703【名無しの一般人@カラヌイ帝国民】
>>701　そういう意味だと、後者はこっちも一緒だけど、前者はうちはあんまり関係無いな。カラヌイは国教がないというか、多神教というか。
日本ベースなのか、付喪神とか八百万の神が当たり前のように生活に浸透してるからどこかの宗教が力を持ってない。

◇

707【名無しの一般人@アルディ公国民】
マーク捜しいやに早く終わったな。一緒にいったプレイヤーが上手く説得したか？

708【名無しの一般人@レガート帝国民】
>>707　捜してみたけど会話した内容とか分かるような配信は一つも無かった。多分誰も居ないとき狙って話したと思われる。

709【名無しの一般人@アルディ公国民】
残念。どうやって説得したのかめちゃくちゃ気になったんだけど……。

◇

713【名無しの一般人@カラヌイ帝国民】
えー子爵令嬢がなに渡したのかめっちゃ気になるんだけど！
早く確認してくれ！　気になる！　俺的予想はステータス上昇系のアクセサリー！

715【名無しの一般人@レガート帝国民】
まあ多分マークに渡そうとしてたものだろうし、普通に考えたらアクセサリーが無難っぽいよな。
対アンデッド系ステータス上昇だったら喉から手が出るほど欲しい……w

730【名無しの一般人@カラヌイ帝国民】
ついに子爵と令嬢ご対面！どうなるか⁉

731【名無しの一般人@アルディ公国民】
ざわ…ざわ…

◇

742【名無しの一般人@レガート帝国民】
予想通りっちゃ予想通りだが、子爵が勇敢なのか馬鹿なのかまじでわからんのだが。
こんだけ娘煽っておいてなんでやられないと思ったの？　なんで今更焦ったの？ｗ
しかしプレイヤーはともかく神官もＮＰＣ冒険者も子爵の私兵も誰も助けなくて草しか生えないんだがｗｗｗ

◇

756【名無しの一般人@アルディ公国民】

子爵令嬢も子爵もどクズ！って思って見てたけど、最後令嬢が子爵と話してたときの内容があまりにアレすぎてちょっと同情したんだが。

こっちもそういうシナリオとかあったら俺はイベント中に泣く自信がある。

ってかもしかして無理心中って誤解？なんかちょいちょい令嬢は否定してるよね？

もしかして調査不足だった？

757【名無しの一般人@カラヌイ帝国民】
ちょっと気になるよね。無理心中じゃなかったらなんなのかって話ではあるんだけど……。
でもマークも死んでるし、令嬢も昇天しちゃったっぽいし、真相は闇の中？

◇

780【名無しの一般人@アルディ公国民】
俺等もあの後片付けやるんだって思ったら泣けてくるんだが……。

【個スレ】名前も呼べないあの人【ＵＩどこぉ】

名前を呼びたくても呼べない、あの人に関する話題です。
なんでＮＰＣすら名前呼ばないの？　怖いんだけど。
※運営側も確認してあげてください。何だかおかしいです。

480【闇の魔術を防衛する一般視聴者】
終わったあああああああああああああああああああああ！！！！！

◇

485【闇の魔術を防衛する一般視聴者】
……。

486【闇の魔術を防衛する一般視聴者】
>>485　え。なに？

487【闇の魔術を防衛する一般視聴者】
お腰に差した、スケルトン様は……。

488【闇の魔術を防衛する一般視聴者】
動いている……だと……!?

489【闇の魔術を防衛する一般視聴者】
もしかして：アンデッドじゃなかった……？

490【闇の魔術を防衛する一般視聴者】
差してる本人も驚いてるぞ……。

491【闇の魔術を防衛する一般視聴者】
分隊員全員笑い堪えてるの笑うｗｗｗ

◇

494【闇の魔術を防衛する一般視聴者】
お、なんだなんだ、おしゃべりタイムか？

◇

497【闇の魔術を防衛する一般視聴者】
やー本当それな。蓮華くんの「龍炎舞」とヴィオラさんのデバフ中の正確射撃はまじですごかった。

498【闇の魔術を防衛する一般視聴者】
なお痛覚設定……。

499【闇の魔術を防衛する一般視聴者】
コクーン修理待ちといわず、一部設定だけ運営側でどうにかしてくれねーのかよとは思っている。
基本的にどんなゲームでも「広範囲に亘って重大な影響を及ぼすバグ」以外直らないと俺は思っているけど、蓮華君のバグに関してはたとえ一人しか被害者が居ないとしても優先的に直すべきなんじゃないのか……？

500【闇の魔術を防衛する一般視聴者】
要は怪我した際に現実と同様の痛み感じてるってことだよね？
なんで蓮華君その状態で普通に戦えてたんだ……痛みに対して耐性あるのか？
色々邪推してしまうんだが。

501【闇の魔術を防衛する一般視聴者】
>>500　たとえば？

502【闇の魔術を防衛する一般視聴者】
1．幼い頃から虐待・いじめを受けていて怪我には慣れている
2．実は現実でヤンキー時代があって喧嘩慣れしている
3．ヤのつく職業の方で怪我には慣れている
4．幽霊・ゾンビ・スケルトン・吸血鬼とかアンデッド系で長く生きているので怪我には慣れている

503【闇の魔術を防衛する一般視聴者】
４番ｗｗｗｗｗｗｗｗ
前の話まだ引きずってるの草ｗｗｗｗｗ

504【闇の魔術を防衛する一般視聴者】
マジレスするなら１か２っぽいよね。
３でこんだけぶっ通しでゲームやってたらとっくに東京湾辺りに沈んでそう……。
１であってほしくないけど……。

505【闇の魔術を防衛する一般視聴者】
>>227 が森での発言引用してるから俺は４番説を支持しておくぜ……。

506【闇の魔術を防衛する一般視聴者】
普通はコクーンの修理が終わるまでプレイを控えた上で、本人が運営側に色々依頼すると思うんだよね。でも彼はログインし続けてるし、戦闘を控える訳でもなく積極的に挑んじゃってるから運営側も深刻に捉えてないんじゃないかな……。あくまで想像だけど。

◇

510【闇の魔術を防衛する一般視聴者】
フレンド登録……。うちの蓮華くんをないがしろにしないで！

512【闇の魔術を防衛する一般視聴者】
蓮華君かつてないほどキョドるじゃん……。さてはコミュ障だな？

513【闇の魔術を防衛する一般視聴者】
自分で言っておきながら途中からこれ社交辞令だったんじゃねって思い始めた感じがするｗ

514【闇の魔術を防衛する一般視聴者】
蓮華君ＮＰＣとばっかりつるんでる理由それか……。
確かに俺があの立場でも、クエストで強制的にかかわらない限り自分から

誰かに話しかけるとかないわｗ

515【闇の魔術を防衛する一般視聴者】
ヴィオラさんが押しかけ女房してなかったら分隊員とのコミュニケーションも取れずに右往左往して終わってそうｗｗｗ

516【闇の魔術を防衛する一般視聴者】
そう考えたらヴィオラさん、ゲームの知識も教えてくれてたしまじ蓮華君の女神じゃん……。

517【闇の魔術を防衛する一般視聴者】
あの人まだ個スレないのね。感謝の証として作ってくる！

518【闇の魔術を防衛する一般視聴者】
>>517　過疎らないようにするまでがお仕事だぞー。

【個スレ】ヴィオラ【神弓】

超絶弓使いのヴィオラさんの個スレです。
荒らし・暴言、動画の無断転載は禁止です。
※運営側も時々確認しています。発言には気を付けましょう。

1【神速で放たれる一般矢】
というわけで個スレ立てました。
俺等はついに人類をやめて矢になった模様。

2【神速で放たれる一般矢】
一般じゃない矢とかあるんか……？
>>1　とりあえずスレ立ておつー。

3【神速で放たれる一般矢】
女神様の個スレ待ってた！！！

4【神速で放たれる一般矢】
あのー、蓮華君と一緒に行動してるけど、二つの個スレの使い分けどうすれば……。

5【神速で放たれる一般矢】
ＫＩＡＩ　ＦＥＥＬＩＮＧ　ＮＯＲＩ　で使い分けろ

6【神速で放たれる一般矢】
そもそも今回のイベントまでの仮パーティだから。
もしかしたらここでかいさーん！ってなる可能性も微レ存だから。

◇

10【神速で放たれる一般矢】
めっちゃ気になる事聞いて良い？　弓使ってるプレイヤー他に居るか分かんないけどさ……。

矢は普段から手作りするもんなの？　店売りじゃないの？

11【神速で放たれる一般矢】
俺は店売りだが。作るって発想がわからない……。

12【神速で放たれる一般矢】
でもヴィオラさんどう考えても手作りだよね？
イベント中に耐火性の矢を試しに作ってみたって言ってたよな？

13【神速で放たれる一般矢】
あれは何の熟練度が影響するん……？
てか矢を手作りしたら弓の熟練度にも影響したりするんだろうか？

14【神速で放たれる一般矢】
け、検証はーん!!

15【神速で放たれる一般矢】
居たとしても弓のレベル違いすぎて検証にならなそっｗｗｗ

16【神速で放たれる一般矢】
そもそもデバフものともせずに正確に射る技量がある段階で、仮に手作りに補整があったとしても彼女にとっては誤差の範囲では。

17【神速で放たれる一般矢】
>>16　それはそうｗ　現実でアマゾネスだって言われても信じるレベルだよ。
あんなん弓道やってても到達出来るレベルじゃねーだろ……。

終章．過去と現在の狭間で

「年甲斐もなくはしゃいでしまった……」

なんて一瞬思ったけれど、考えてみれば大人がはしゃいではいけないなんて事はない。

「大人だから」、「九百歳を超えているから」といって自分で自分の行動に水を差す必要はないよね、楽しいと思う事に年齢なんて関係ないんだから。むしろ「毎日が楽しい」なんて感じるのは何年ぶりだろう。この状態が長く続くように努力をしたいくらいだ。

王都クエストを通して色々な人と繋がりを持てた事が嬉しい。仕事以外で誰かとかかわる事なんていつぶりだろう。

本当に、ヴィオラには感謝しかない。きっと彼女がパーティを組もうと言ってくれなければ、王都クエストの間中僕は一人浮いていたはずだ。最後に輪の中に入って話すなんて事もなかったと思う。

でもそれと同時に、お別れの時をどうしても考えてしまう。彼らが『ＧｏＷ』をやめてしまったら？『ＧｏＷ』がサービス提供を終了してしまったら。たとえ……、他のゲームも一緒にやるほど仲良くなったとしても、彼らには僕にはない「寿命」がある。いつだって出会いと別れは切っても切り離せない関係だという事を、この九百年で僕は嫌というほど痛感したのだ。

「はあ、すぐに悲観的になるのは僕の悪い癖だ……」

無理やり思考を打ち切り、誤魔化す為に別の事を考える。

今までは血液を摂取出来なくても困らないと思っていたけれど、今回はそのせいで色んな人に迷惑をかけてしまった。NPC扱いじゃなければヴィオラに頼り切りになる事もなかったし、ソーネ社にわざわざコクーンを改造してもらう必要もなかったのに。もしかして、知り合った人全員に迷惑をかけているのではなかろうか。

「どうにかしないと駄目かな……。あれ、そういえば、一体いつから血液が摂取出来なくなったんだっけ……？」

僕の記憶が正しければ、確か師匠《エレナ》に吸血鬼にしてもらった時は不味いと感じこそすれ、きちんと飲む事は出来ていたはず……？

じゃあ一体いつから飲めなくなったんだろう。……うーん、血液をしっかり摂取して色々な戦に参加して功績を挙げて……。確か頼朝公が亡くなったあとに争いが起こって……。

「いっ……!?」

突然、頭が割れそうなほどの激痛に襲われ、思わず声が漏れてしまった。それでも必死に記憶を辿ろうと意識を集中させればさせるほど、痛みはどんどん強くなる。一体僕の身になにが起こっているのだろう。想像を絶する痛みに意識を手放しかけたとき。微かに誰かの声が聞こえた気がした。

『――ね？　お願いよ』

誰だろう……。なんとなく聞き覚えがあるように感じたけれど、深く考える余裕もなく。限界に達した僕の意識は深い沼へと沈むように落ちていった。

書き下ろし番外編一

迷える子羊達による考察

【初心者必見】ＧｏＷシステム【暴言禁止】

ＧｏＷのシステムについて語りましょう。初心者向けのキャラ選びとかも。
荒らし・暴言禁止です。
※運営側も時々確認しています。発言には気を付けましょう。

１【迷える子羊】
ちょっと他のゲームとは毛色がちがうっぽいんでシステム面話せるようなスレ立てました
以下現時点で分かっている事を列挙
・熟練度制、現実世界の実力と連動している
・熟練度一万毎にパッシブスキルが解放される
・パッシブスキルと各種補整は自分でオンオフ可能
・五感は種族依存で現実世界とは連動しない（もしかして特定の熟練度数値によっては補整あり？）
・全熟練度一覧は見れない。自分が保持している熟練度が勝手にキャラクター画面に生えてくる
・熟練度の解放条件は現実と一緒（スキルポイントで取得とかではなく、ＮＰＣに弟子入りして教えてもらったり、自分で素振りしたりとか）
・種族変更は課金で可能。一部種族は他のプレイヤーに噛まれる事でも変更可能（吸血鬼、人狼）
・各国からオフィス街に行く事が出来る。オフィス街は現実世界の企業とかがＧｏＷ内で仕事をしていて、そこでの犯罪行為は現実同様の処罰がくだされる（らしい）

◇

３０１【迷える子羊】
迷える子羊……まあ確かに種族決めかねてるんだけどさ。
どの種族が強いとか、これ選んどけば間違いない、みたいなのってあるのか？

302【迷える子羊】
>>301　難しいな。本人の現実での熟練度が大きく影響するから、一概には言えない。あと、本人がどんなプレイをしたいかにもよる。
早い話が、現実世界で運動をした事が無くて近接戦闘系のプレイをしたいならエルフは選ぶべきじゃない。ただ、先日の王都クエストでエンチャントなんてものが発覚したから……ぶっちゃけ今後は近接プレイヤーも魔法は必須だと思う。

303【迷える子羊】
逆に本人が現実で身体鍛えてるなら、エルフで近接もやれなくはない。見た目で選んで良いと思う。
課金ありきなら熟練度上げと割り切って上昇率が高い種族を選ぶのも手。獣人選んで近接系熟練度上げてからのエルフとか。その逆も然り。
ただ、種族熟練度は引き継がれない。複数経由しても色んな種族の特徴全部を重ねられはしないって事な。

304【迷える子羊】
>>301　現状注意が必要なのが以下三種族だけ。それ以外なら（回り道はするけど）何選んでも平気。
・天族：魔法の属性制限あり。火・土・闇属性使用不可。
・地族：魔法の属性制限あり。水・風・光属性使用不可。
・吸血鬼：制限自体はないが、種族熟練度が低い状態で光や神聖魔法（水＋光）を使うとほぼ即死（自爆）する。あと太陽光に弱いから日中に屋外で活動するときは戦闘系の熟練度めちゃくちゃ下がる。

305【迷える子羊】
>>302　>>303　>>304　さんくす。とりあえず見た目で選んでから考えるわ、やりたいプレイとか特に決まってないし。
金さえあれば天→地→人間とかって種族変えれば魔法系の熟練度稼げる感じ？

306【迷える子羊】
>>305　まだサービス開始二ヶ月程度だから断言は出来ないけど、多分魔

法に属性熟練度はない。だから天族と地族をはしごする意味は無い筈。ただ、イメージに左右されるから使った事がない属性は扱いが下手……とかはあると思う。水・風・光の感覚で土属性を使いこなすって難しそうじゃない？あと、黒髪黒目の方が魔法系の素質が高いって聞いた事がある。もしかしたら種族だけじゃ無くてキャラメイクも影響する、かも……？

307【迷える子羊】
＞＞306　さんくす！　でもキャラメイク位は好きにしたいから黒にはこだわらないかも。

308【迷える子羊】
天族はもしかしてエルフよりもヒーラー向きか？　飛行熟練度上げて自由に空飛べるようになれば最強ヒーラーになりそう。
逆に地族は何があっても回復系の職業にはなれない感じかな。てか火・土・闇しか使えないけど、神聖魔法を受けるのは問題ないんだろうか。

309【迷える子羊】
＞＞308　今の所神聖魔法が飛んでくる状況がない（ヒーラープレイヤーが居ない）から分からん。でもそれで思いついた。闇系の種族ならダークヒールなんてのがよく創作物に出てくるけど、もしかして吸血鬼は火と闇ｏｒ土と闇の複合魔法で自己ヒール出来たりするんかな。

310【迷える子羊】
もし出来るんだとしたら話が変わってくるな。ヒーラーは空も飛べる天族一択かと思ったけど、吸血鬼を筆頭に闇系種族が仲間に居るならオールマイティなエルフヒーラーのが良さげって事になる。固定且つ闇系種族が居ないＰＴであれば天族が強いか。その逆に闇系種族の固定ＰＴなら地族とか吸血鬼でヒーラーも出来そう、どっちも空飛べるし。種族は課金で変えられるから解散したときのことも心配しなくて良いのが楽だよなー。

◇

320【迷える子羊】
魔法はイメージって言ってるけど成功するものと失敗するものの違いって

何？
あと今後凄いチート魔法とか出来たらバランス崩れそうで心配。

321【迷える子羊】
最初から型は決まってるらしいよ。プレイヤーが脳内でイメージした魔法に最も近い型を使ってイメージを再現してるんだって。で、近い型がないイメージは失敗する。ちなみに消費ＭＰは型の基本消費量×イメージの規模×その他（良く分からなかった）とかで決まるとか。型が存在しなくて失敗した魔法も、プレイヤーのイメージしたデータは蓄積されるから徐々に採用される可能性があるとかないとか。

322【迷える子羊】
>>321　何それどこ情報？

323【迷える子羊】
運営。正式サービス開始前、開発段階での雑誌のインタビュー記事に書いてあった。型っていうのは自分を中心に円を描くように、とかホーミング、とかそういうざっくりな感じらしい。
バランスは、どうだろうな？　魔法メインプレイヤーは防御力低そうな印象があるし、火力が高すぎたら盾職からヘイトを奪うことになる。ちゃんと調整しないとＰＴ壊滅なんてこともあるから、大丈夫な気がするが。ソロだと強そうだよな。でもＭＰＰＯＴ高すぎて金策大変そう。

◇

350【迷える子羊】
ＨＰとＭＰって何で伸びるんだ？それっぽい熟練度って多分ないよな？
他ゲー感覚で考えるなら体力とか知能、精神辺りか？そもそもその辺の熟練度の上げ方も怪しいが。何だよ知能と精神って……。

351【迷える子羊】
字面をそのまま受け取るならＩＱとかＥＱとか地頭の良さと、メンタルの強さって事だよな。
すっごい偏見でものを言うならゲーム好きって現実の世界を疎かにしがち

だからどっちも低そう。

352【迷える子羊】
>>350　ＨＰは分からんがＭＰは魔法使ってれば伸びるって魔術師ＮＰＣが言ってた筈（どっかの配信動画の中で）。
その理論で言ったらＨＰも殴られて削られ続ければ増えるって事に……。
もしくはＨＰとＭＰは別枠で伸びる系の装備があるのかもしれない。
いくら体力熟練度高くしたり獣人系選んでも今後ワンパンで殺してくる敵とかも居そうだし。

353【迷える子羊】
でもこんだけリアルに作られてるならＭＰはともかくＨＰ増えるのか？って感じはするよね。
種族によって初期ＨＰまちまちだし、ほぼそこ固定で増えない可能性無い？

354【迷える子羊】
何にせよ今後の情報待ちだな。今はまだ何も分からん。ってか熟練度だってどれだけあるのか不明だから、もしかしたら「ＨＰ熟練度」なんてそのものズバリな物が存在してる可能性も否めない。

◇

393【迷える子羊】
わざわざオフィス街とゲーム側とで行き来出来る様にした理由はなんなんだ？
オフィス街でのトラブルは法律に則って処理するとか言われても絶対やらかす奴居ると思うんだが。最初からオフィス街はオフィス街としてゲーム内に組み込まずに独立させれば良いのに。

394【迷える子羊】
>>393はオフィス街行ったことない感じかな？　オフィス街って一口に言ってもビルが建ち並んでその中で仕事してる企業だけじゃないよ。いわゆるＢｔｏＣとかもあって、プレイヤーが楽しめる店も多い。
・ワークショップ：現実じゃ遠くていけない！とかあるけどオフィス街な

らそんな心配もない
・雑貨、家具屋：僕はＧｏＷ内で借りてる部屋の、内装とか買ったりしてる
・レンタルスペース：イベントとかやったら盛り上がりそう
独立してたらわざわざオフィス街に行こうって人は少ないと思うし、あえてくっつけたんじゃないかな。

あと下世話な話するなら、単純にくっつけとかないと政府からＧｏＷの開発費用があんまり引っ張り出せなかったのかも？　独立してたらオフィス街の開発費用位しか支援してもらえなかったとか。

熟練度制っていうのもそもそも政府が気に入りそうなシステムだし。たとえゲームにのめり込んだとしても現実に即したやり方でやってれば多少は身につくよね、っていう。良くあるスキル制だとそのメリットがない。システム全体を通して政府が好みそうな手法だなーとは感じている。逆にプレイヤーは選ぶと思うけどな。

まあ今後オフィス街でのトラブルが頻発したら切り離す可能性もあるかもしれないけど。もしかしたら逆に、でかい騒ぎ起こすプレイヤーが出たら大々的に報道された上で、見せしめに定められた範囲内で最も重い処罰が下る……、なんて事もあるかもしれないな。何にせよ、オフィス街に行くときは現実と同様のモラルを持って行った方が良い。

395【迷える子羊】
>>394　ああ、そういう背景があったのか。すまん、政府が金を出してるなんて全然知らなかったわ。掲示板でもちらほら熟練度制とかクソゲー過ぎるって書き込みあったし確かに結構プレイヤーは選ぶな。
とはいえ俺は好きだけどな。死ぬまでゲーム好きとは限らないし、飽きたときに「時間を無駄遣いした……」とか思うときたまにあるけど、このゲームならそんなこともなさそうだし。オフィス街を上手く使えば、現実じゃ始めるハードルが高かった趣味とかも出来そうだし良いんじゃねっていう。

396【迷える子羊】
ただ心配なのはあんまり資金回収出来なさそうって所だよな。政府がバックについてるなら阿漕な商売は出来なさそうだし。こっちとしてはいきなりシステム改悪されないっていう安心感はあるけどさ。

書き下ろし番外編二

ユリウス・マカチュの後悔

「もしお兄様がこの手紙を読んでいるとしたら、既に私はこの世に居ないのでしょう」

信じたくはなかったが、最初の一文を読んだ瞬間に事実なのだと実感した。妹は私を置いて逝ってしまった。

事の始まりは昨年。珍しく父は昨年の社交シーズンに私ではなく妹を王都へと連れていくと宣言した。私には王都の学校を一時的に休み、子爵領で留守を守るように命じてきた。普段と違う事に違和感はあったけれど、妹は今年がデビュタント。王都に慣れさせる為に連れていくのだろう、と勝手に解釈してしまった。

きっと妹は子爵領と王都の違いに圧倒されつつも楽しんでいるのだろう……そう思っていたのに。年が明けてから知らされたのは、妹の死、そして私宛に届いた手紙と一冊の日記だった。

――――もしお兄様がこの手紙を読んでいるとしたら、既に私はこの世に居ないのでしょう。こんな馬鹿な選択をした妹をお許しください。今まで言えなかったけれど、私の事を気にかけてくれて本当にありがとうございました。この計画はお父様の事を困らせてやりたい一心で立てたけれど、結果的には次期子爵であるお兄様が被害を被る事になるかもしれないと、今更ながらに気付きました。でも今更引き返せません。勝手を承知で言いますが、お兄様の能力があれば子爵家は持ち直すと思います。だからどうか、今回の一件でお父様が世間体を気にしてお兄様に爵位を譲る事を祈っています。

自慢ではないけれど、私は比較的良い子だったと思うの。いきなりさっき書いた事と矛盾するような事をいってごめんなさい。ただ、事を起こす前は割と良い子だったと思うの。そうよね？……子供に関心がないお父様は他人の子と私を比較する事もなかっただろうから、きっと一生気付く事はないと思うけれど。

お母様が亡くなった時、跡継ぎがお兄様に決まった時、努力の甲斐もむなしく女だからという理由でお兄様の補佐になる事を認めてもらえずに花嫁修業を言い渡された時。いつも泣き言一つ言わずに我慢をした私をお兄様は褒めてくれたわね。

お兄様は事ある毎に私を甘やかそうとしてくれていたけれど、私は私を知っているわ。だからお兄様に甘えれば、そのままずるずると駄目になってしまう事も分かりきっていた。それで私は今まで自分に厳しくしてきたのよ。決してお兄様の事が嫌いだから避けていた訳ではないの、分かってちょうだいね。

お母様が早くに亡くなって、私は年齢が一桁の時から屋敷の女主人としての役目を完璧にこなすようになっていたわよね。お父様は良い花嫁になると喜んでいたけれど、私はそんなつもりで努力した訳じゃないの。少しでもお兄様のお役に立ちたくて頑張っていたのよ。ふふ、偉いでしょう？

本当の事を言うとね、私の縁談話が持ち上がったのは私が平民に恋をしたからじゃないのよ。まだ王都に来る前、十四歳の誕生日当日には既に打診があったの。相手は七十代後半の侯爵様。お父様曰く、お年を召しているからすぐに亡くなる。そうなればお前は未亡人となり、幸せに暮らせるだろうって。デビュタントは十五歳。お兄様も知っての通り王族や公爵位ならともかく、たかが子爵位で成人前に縁談話なんて珍しい。それに年の差も凄いわ。だからお父様はお兄様が反対すると分かっていて私にだけ伝えてきたのよ。私の意見を尋ねるなんて事をお父様はしないから、打診なんて言っているけれどお父様の中では決定事項だったのでしょう。私も普通の令嬢とは違って既に家のお金を管理していたから、お父様が縁談を急いだ理由が手に取るように分かった。だから特に拒絶もしなかったわ。正直お父様の言う通り、これだけの年の差は私にとってもメリットだと思えたもの。それで、今年の社交シーズンには侯爵様との顔合わせの為にお父様と一緒に王都へ来たという訳。

十二の時……我が家の経済状況は目に見えて悪化してしまったでしょう。だからお父様は、持参金が払える間に私を嫁がせたいと考えた……私はそう思ったの。ただ、同時に少し疑問にも思ったわ。政略結婚自体は覚悟していた。けれど、二年前ならともかく今の子爵家の財力で良い条件の縁談が来る事はあり得ない。うちにとってぎりぎりの持参金を払うよりもむしろ、修道院に入れるか平民に嫁がせた方が持参金がかからないのにどうして無理に縁談を組んだのかしら、って。

あの時もっとちゃんとその疑問を追求して、お兄様に頼んで調べてもらっていたら状況は変わっていたのかしら。でも今はこれ以外に選択肢がないの。いえ、他にもあったのかもしれない。でももう、なにも考えたくない。疲れてしまった……なにもかも放棄して楽になってしまいたい。

あら駄目ね、なにがあったのか、これからなにをするつもりなのかをお兄様には包み隠さず説明すると決めてペンを執ったのに。

今年のお母様の命日になにをするかを考えたの。それで、折角王都に来ているのだからお母様の好きだった花の採取を冒険者に依頼する事にしたのよ。今思えば、そんな事をしなければ私は冒険者に憧れる事もなく、死を受け入れて素直に結婚したのかしら……。

私は依頼を受けてうちにやってきたマークを気に入ったわ。命日も過ぎたけれど、どうしてもマークの話が聞きたくて、指名依頼に切り替えて定期的に依頼を出したの。マークはきっと迷惑だったと思う。けれどうちは貴族。平民であるマークは受け入れざるを得なかったのでしょう。

マークの冒険の話を聞けば聞くほど、私は冒険者という職業に憧れを抱いた。元々お母様が独身時代に冒険者だったと聞いていたから、母の思い出話を聞いている気分にもなれた。小説よりも小説のようなわくわくする話が聞きたくて、でもいよいよ指名依頼を出すお金も厳しくなって、マークがよく行くという場所に押しかけて話を聞いたりもしていた。その頃には私はもう、冒険者という職業とは別にマークという男性を好きになってしまっていたわ。婚約者が居るし、私の事は妹のようにしか見えないときっぱり断られていたけれどね。

勿論、私は私で侯爵様との縁談が決まっていた。だからマークと本気で結ばれるなんて思ってもいなかったし、結婚するまでの間の思い出づくりだと割り切っていたの。……本当よ？

でも、お父様にマークの事がばれて家に軟禁されて、正式に結婚式の日取りが決定した日。侯爵様が私の許にやってきて……自慢げに話をしていったわ。

実は私の縁談が決まったあとすぐに何人かの友人からお手紙が来てたのよ。本当に大丈夫なのかって。侯爵様に嫁いだ女性は皆すぐに亡くなっているはずだって。

不安ではあったけれど、私は大丈夫だと返事を書いた。いくらお父様といえども私が死ぬのを分かっていて縁談をまとめるとは思えなかったから。前妻の方々はご病気とか、不慮の事故が重なっただけだって思いたかったの。

でも、侯爵様が私に全てを話した事で私の希望は打ち砕かれた。お父様は持参金の支払いの免除を求めるどころか、お金で私を売ったのですって。今の子爵家の三年分の予算で、よ。信じられる？　そこまでして私を娶って、侯爵様になんの利益があるのかと私は尋ねたわ。それに対して侯爵様はこう答えた。「婚姻契約書には『婚姻後のペトラの安否については一切問わず、なにが起ころうとも子爵家からは一切抗議をしない事』と記されている」と。それから今までの侯爵様の奥様の末路に関してもお聞きしたわ。お父様は……私が侯爵様に殺される事が分かっていながら私を侯爵様に売ったのよ。知らなかったはずがないもの。

でもその金額は一切家の帳簿に反映されていない。家の為にも、領地の為にも使うつもりがないという事。お父様は私腹を肥やす為だけに私を売った……。認めたくなかった。

私の顔を見て侯爵様はニヤニヤ笑いながら「その絶望する顔が見たかった。お前がどれだけもつか今から楽しみで仕方がない」と言って帰っていったわ。

私はそのあとすぐに逃げることを考えた。でも、まだ成人もしていない小娘、それも自分でなに一つした事がない貴族の娘になにが出来る？　修道院に入ったところでお父様に見つけ出されて連れ戻されるのは分かっている。かといって服一つ自分で着られないというのに、国を出て、平民として暮らすなんて無理だと思ったわ。そもそも他国まで逃げる手筈すら整えられなかったし、ならず者に捕まれば死ぬよりも辛い目に遭うと前に聞いた事があるの。

それで、マークに頼んで冒険者になる事も一瞬考えたわ。でも結婚が嫌だから、なんて理由で冒険者になるなんてお母様にもマークにも失礼だし、なにより結婚を控えたマークを巻き込む訳にはいかないと思ったの。きっとお父様は私がマークを頼って冒険者になったと突き止めるはず。そうなれば彼の命も危ないと思って。

だからね、お兄様。私は自分で自分の命を絶つ事しか思いつかなかった。私が死ねば婚姻は無効となり、侯爵様から支払われたお金も返却しなければならなくなる。お父様に一泡吹かせる事が出来る、そう考えたのよ。

どうせ死ぬなら少しだけ冒険をしてみたいの。だからお母様が好きな花の咲く所を選んだわ。最後の最後まで迷惑をかけるけれど、マークには見届けてもらいたくて、使用人達に連れてきてもらうように頼んだの。彼らも侯爵様の話を聞いていたみたい。とても……とても親身になって計画を手伝ってくれたわ。

お兄様、私は今日、遠い所へ……、女神シヴェラ様の所へ旅立ちます。でも泣かないで。きっとシヴェラ様が守ってくださるわ。きっと天国は今よりも居心地の良い場所のはずよ。……お兄様を泣かせるような事をしておいて図々しいお願いだけれど、どうか天国に行けるように祈っていてちょうだい、お願いよ。

愛する妹、ペトラより。

私がのんきに学校に通っている間に……久々に子爵領へと戻って領主の真似事をしている間に、

妹は一人で苦しんで一人で判断していたというのか。

私は妹を愛している、大切だと言いながらなに一つ分かっていなかった。知ろうとしていなかった。父の事は昔から嫌いだったから、王都の学校に通えるように父を説得して自分だけ離れて安堵して。領地に残してきた妹はまだ成人していないから大丈夫だと、勝手に安心していたのだ。デビュタントを終え、正式に結婚が出来る歳になってから彼女の望まない縁談を潰していけば良い、と。

「私はなんて愚か者なんだ……」

呟いたところで、いつもなら笑って否定して慰めてくれる妹はもうこの世に居ないのだと強く突きつけられるだけ。

かくなる上は、彼女の望む通りに早急に子爵位を継ぎ、領地を立て直す。そしていつか侯爵の悪行を暴き出し、罪を償わせる。絶対に。

まずは……まずは妹の遺体を見つけだし、祈禱をしてもらわなければ。きっと今頃苦しんでいるだろう。待っていろ、ペトラ。兄さんが必ずお前を楽にしてやるからな。

あとがき

皆さんは「あとがきから読む派」でしょうか、それとも「最後のお楽しみに取っておく派」でしょうか。ちなみに僕は「初見の作者に限りあとがきから読む派」です。

ですが最近は小説でもビニール（シュリンク）がついている販売形態が多いですね。初見作者・シリーズの購入ハードルが数段上がってしまった印象があります。つまりなにが言いたいかと言うと、元書店員としては仕方がないと思う反面、一利用者としては寂しいです。

ちなみに僕の場合は気になった本全てを購入するので、シュリンクがかかってても実はそこまで悩まないと言うのはあります。悩んだ挙げ句に購入をやめた場合、夢に出て来る程度には後悔するんですよね……。結局、後日どうせ買いに行く訳ですから、最近では開き直って最初から買っておけ精神で臨んでいます。ちなみに最近友人に言われた事は「本屋に買い物カゴなんてなくない？」でした。えっ、皆さん使わないんですか？

おっと、自己紹介がまだでした。（自称）一〇三〇歳の吸血鬼、暁月紅蓮と申します。以後お見知りおきを。

この作品は「小説家になろう」にて二〇二二年十月から投稿を始めた物で、今現在も絶賛連載中です。ＴＯブックス様からお声がけいただき、こうして書籍化され皆様の手元に届いています。イラストとかロゴとか、とにかく全部素敵なので、是非見てください。あとがきを書いている今でもまだ夢かドッキリを疑っています。

最初にＴＯブックス様とやりとりを始めた時なんてなりすましを疑いました。公式サイトのドメインとメールアドレスのドメインが一字一句違わない事を確認して、初めて本物だと判断したほど。まあキリル文字とか使われてたらもはやお手上げなんですが。……疑いすぎですね。

さて、この話が出来た理由、それはずばり「吸血鬼（僕達）が配信する話」を書きたかったからです。実は最初はVRMMORPGにする予定はなかったんですね。ところが、身近に居る同族を主人公に据えた結果、機械全般が扱えず、日光も苦手なので引きこもって早数十年……知り合いはほぼ皆無というキャラになってしまいまして。そんな人物が思い立って配信を始める……？　当然あり得ません。悩みに悩んでVR要素を追加し、本人があずかり知らぬ所で配信されている体にした訳です。ここ、テストに出ますよ（出ません）！

で、書き始めてからはたと気付きました。「やむをえず諸事情でVRMMORPGをプレイし始めたのは分かる。でもそれだけの為なら吸血鬼設定が生きないよね……？　本末転倒では？」と。プロットを最初に書いていればこんな事は書く前に気付けるんです。良い子は真似しないでくださいね。未だにこの作品にプロットは存在していませんが。

こうして、（主に二巻以降ですが）非常にハードな世界に生きる吸血鬼、蓮華さんとその他仲間達が出来上がりました。ちなみに作者である僕は至って平和な日常を過ごしております。こんなハードな世界に生きるのは無理です。武術の心得なんて皆無ですからね！

最後になりましたが、書籍化にあたってご尽力いただいたTOブックスの皆様、イラストレーターの星らすく様、いつも感想やアドバイスをくれるWEB版の読者の皆様、友人や家族に心からお礼を申し上げます。

うーん、まとまりのないあとがきでごめんなさい。次巻でまたお会いできると嬉しいです！

"木"と対決!?
次巻予告
あれ? 僕だけ
はぐれちゃった?
コミカライズ
企画進行中!
吸血鬼作家、
VRMMORPGを
プレイする。
~日光浴と料理を満喫していたら、いつの間にか有名配信者になっていたけど、配信なんてした覚えがありません~
ill.星らすく 暁月紅蓮

初ダンジョンで人を食べる

3人でがんばりましょう!
モチロン!
蓮華さんさすがだな!
ぶんたいちょーすごーい!

新たに解放された東の森エリアで
今度はゲーム内初のダンジョンを発見!?
超初心者ゲーマー吸血鬼のドタバタ VRMMO 放浪記!

第2巻 2024年発売!

吸血鬼作家、ＶＲＭＭＯＲＰＧをプレイする。
～日光浴と料理を満喫していたら、
いつの間にか有名配信者になっていたけど、
配信なんてした覚えがありません～

2023年11月1日　第1刷発行

著　者　暁月紅蓮

発行者　本田武市

発行所　TOブックス
〒150-0002
東京都渋谷区渋谷三丁目1番1号　PMO渋谷Ⅱ　11階
TEL 0120-933-772（営業フリーダイヤル）
FAX 050-3156-0508

印刷・製本　中央精版印刷株式会社

ISBN978-4-86699-993-7

Printed in Japan